하면 좋습니까?

하면 좋습니까?

글·그림 미깡

결혼해? 말아?

오늘도 고민하는
당신을 위한
현실 검증 솔루션

위즈덤하우스

차례

2부 안 하면 후회할까

3부 선택

프롤로그 - 어떡하지, 결혼?

청첩장?
누구 거지?

엥? 나잖아?!
이게 어떻게 된 일이지?!

아아…
성재한테 프러포즈
받았지, 참.

지금 이건 꿈이구나
휴~

내 대답은…

워워~
잘 생각해~
꾸깃
평생 한 사람만 사랑할 자신 있어?
자유~ 열정~ 다 포기하고?

그, 그건 그렇지만…

루시 말
귓등으로도
듣지 마.
쫙쫙
절절 끓는 것만 사랑이니?
경험자로서 말하자면
결혼 좋아. 재미있어. 든든해.
혼자는 너무 외롭잖아.
타앗!
물론 혼자는 외롭지만,

둘은 괴롭다는 거~
나도 경험자로서 말하는데, 결혼하면 여자만 손해야. 지금처럼 그냥 같이 살지 결혼은 왜 해?
찌이익
너는 왜 초를 치냐?
옥신각신
현실을 직시해야지~
일부일처제가 본능에 반한다는 현실도….
아아, 청첩장이~

망가져버렸네.

대답…
내 대답은…

…아직 못했지.
당황해서 대충 얼버무리고
자리를 피해버렸어.

어떡하지,
결혼?

1부

하면 후회할까?

1화

프러포즈

굿 초이스

그날,
밸런타인데이라서 우리는

곱창을 먹고 있었다.
3년 전부터 곱창은
우리의 공식 만찬이
되었는데
역시
순이네 트럭이
맛있어.
그치?
근데 오늘은 깻잎이
너무 없다.

예를 든다고 툭 던진 말이 그대로 굳어져서
매년 밸런타인데이마다 곱창을 먹고 있다.
3년 전
이제 우리
초콜릿, 사탕
주고받지 말자.
허례허식이잖아.
그 돈으로 차라리
곱창을 먹는 게 낫지.

밸런타인데이에 곱창을 먹기로 한 건
탁월한 선택이었다.
ㅋㅋ
이 추세로 가다간
머지않아 ABC?
갈수록 작아지는 초콜릿과 사탕의
크기가 은근 신경 쓰이던 참이었다.
그런데 곱창은, 양이 많든 적든
애정과 결부해 생각할 필요가
없는 것이다! (그리고 맛있다!)

아무튼 문제의 그날
나는 화가 좀 나 있었다.
미혼이라니까 무슨 하자 있는 물건처럼 대하는 거 있지!
결혼 못한 이유를 자기가 맞춰보겠다나? 누가 못했대, 안 하는 거지!
몰상식한 사람이네.

하아~ 이러쿵저러쿵 평가 당하는 것도 싫고 결혼 왜 안 하느냐는 질문도 수백 번은 들었을걸. 대답하기 귀찮아서라도 그냥 결혼해버릴까? ㅋㅋ
농담이고~ 아무튼 그 사람이,
하자, 결혼.

……뭐?
조만간
얘기하려고
했는데….
우리
결혼하자.
애인 말고
부부로 살자.

네에?

곱창 먹다
프러포즈라니
누가 묵은지 커플
아니랄까 봐.

사실 그건 별로
놀랍지 않은데,
5년 사귀면서
결혼 얘기
나온 게
처음이라고?
진짜?

근데 언제부터
마음이 바뀐 거지?

갑자기
결혼이라니!

난 그냥
이대로 지내는 게
좋은데….
처음 사귈 때부터
"결혼을 배제한 만남"
이라고 못을 박았거든.
성재도 결혼 생각은
별로 없댔고….

도와줘요, 선배님들~
걔 엄청 진지해.
가볍게 넘어갈
분위기가 아니라고!
진정해!
얼른 술 좀 마셔!
이참에 너도 결혼에 대한
입장을 잘 정리해봐.

대답 빨리 할 필요 없어.
6개월짜리 프로젝트 하나도 수십 번 회의하고
머리 터지게 고민하는데 결혼은 말해 뭐해?
남은 인생 전부가 걸린 일인데!
머릿속에서 수천 번은 회의를 해야지.
팁을 좀 주자면
'WWH 공식'이란 게
있는데 말이지.
엣헴~
WW… 그게 뭔데?
레슬링??

심연(33세)
김금금(33세)
안유리(33세)
유루시(30세)
동거
이혼
신혼
비혼
어? 복희는 어디 갔지?
늦어서 죄송해요, 지금 데리러 가요. ㅜㅜ 앗, 잠깐만요~
박복희(33세)
워킹맘
RRRRR
어, 김 대리~ 메일로 보내줄래요? 내가 새벽에….

2화

Who

그래, 결혼 문제는 한번쯤은 부딪칠 일.
진지하게 응해보기로 했다.
흐음~
....

'WWH 공식'에서
첫 번째 W는
Who야.
지금 그 사람이 결혼을
고민할 가치가 있는
사람인지부터 봐야지.
여기서 막힌다?
나머지 Why, How는
신경쓸 것도 없어.

난 또
뭐 새로운 말이라고….
성재 좋은 사람인 건
너도 잘 알잖아.
그러니 여태
사귀는 거고.
남자친구로서 좋은 거 말고.
앞으로 긴긴 세월, 남편으로서는 어떨지
'새로운 눈'으로 보란 말야.

매일 내 얼굴보다도 더
자주 보는 사람을
갑자기 '새로운 눈'으로
보기란 어려운 일이다.
아, 왜애!!
이마가 더
넓어진 것 같기도
하고….

그러고 보니 성재는
대머리의 길을 착실하게
걷고 있네. 언젠간 완전히
벗겨지겠지….
처음 사귈 땐
풍성했는데
뭐, 외모는
상관없어. 잘생김을
뜯어 먹을 것도
아니고.

맞아~
남자 얼굴 잘생긴 건
3년 가지. 근데
못생긴 건 평생~
꺼져!

책 속에 답이 있나니,
피가 되고 살이 되는 지성들의 말을 들어보자.
"결혼은 긴 대화다. 결혼하기 전에 자신에게 물어보아라. 이 사람과 늙어서도 여전히 대화를 나눌 수 있을지."
니체

이건 Yes! 대화는 너무나도 잘 통한다.
대화 끊기는 게 싫어서 동거를 시작한 거나 다름없으니까.
만화
고양이
트위터
야구
소설
영화
옆집 아줌마
술안주
만약 '잠 안 자고 수다 떨기' 대회가 있다면
순위권에 들 자신 있다(술이 제공된다는 전제 아래).

"행복한 결혼생활에서 중요한 것은
'서로 얼마나 잘 맞는가'보다
'다른 점을 어떻게 극복해나가는가'이다."
톨스토이
오~ 완전 공감!

우리도 3년 차까지는 정말 많이 싸웠다. 돌아보면
'서로 다름'을 '상대방이 틀림'이라 여겨서였다.
지금도 이런저런 이유로 가끔 싸우지만
나름 '잘 싸우는 법'을 터득했다고 생각한다.
지금 너무 과열된 것 같다.
그래. 잠깐 쉬었다 다시 얘기해.
이건 5년이라는 시간의 힘으로 이뤄낸 성과.

거기에 인간성 좋지, 성실하고 다정하지,
성재는 모든 면에서 나랑 잘 맞는 짝꿍이야.
첫 번째 단계는 역시 간단하대도.
'Why'로
넘어가기 전에
애들한테도 한번?
너희가… 생각하는…
배우자의… 조건…

인색한 사람은
평생 고생
카톡!
가부장적인지 아닌지
가족 분위기를 한번
시댁과 갈등을 일으키진
않을지… 대리 효도 원하
결혼을 해도 각자의
꿈을 펼칠 수 있는
카톡!
안전한 사람인지 꼭 확인을
카톡!
카톡!
비밀이 없는 관계!
모든 것을 숨김없이
털어놓을 수 있어야..
다정함이
세상 최고
간단은 개뿔…

자꾸
내 얼굴을
빤히 보는 게
거절할 타이밍을
찾는 것 같아…
훌쩍
훌쩍
좀 비켜줄래

3화

그녀들의 사정

김금금

아무말파티 5
너희가 생각하는 배우자의 조건! 하나씩 말해주세용
너무 많은데 ㅋㅋ 딱 하나만 고르면
가부장적인 사람인지
반년 전 이혼한 구 남편은

연애할 땐 직접 아침식사를 만들어주던 꽤 다정한 남자였는데
우아~♡ 언제 일어나서 했어?
아메리칸 조식을 일부 벤치마킹한 구로동 조식 입니다~

결혼해서 뚜껑을 열어보니
라면이라도 끓여먹지 왜 기다리고 있어?
너 올 건데 내가 왜….
얼른 밥 줘.
뭐? 나도 여태 일하고 들어왔잖아. 먼저 온 사람이…
울 엄마도 일하고 와서 저녁 하셨어. 아, 빨리, 배고파.

조식 이벤트는 속임수나 다름없었다. 살아보니 남자가 주방에 들어가면 발기부전이라도 걸리는 줄 아는 사람이었다.
말끝마다 '남자가' '여자가'….
연애할 땐 잘도 숨겼지
왜 이혼했느냐는 질문에 '성격 차'라고 대답하고 있지만 '성 격차'가 맞는 말이려나?

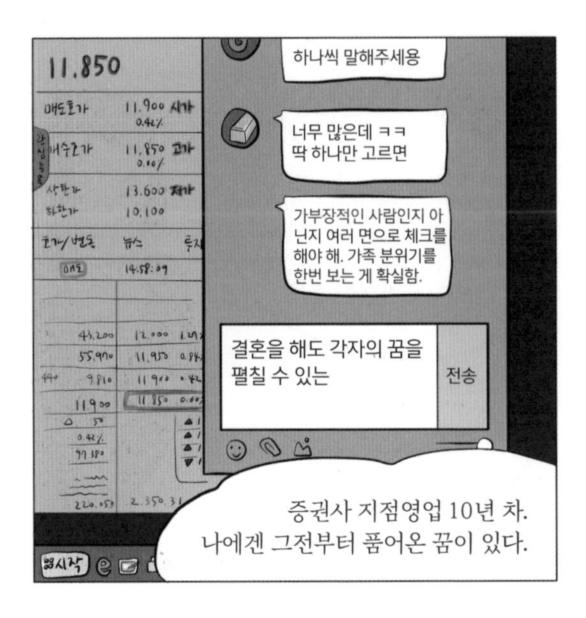

하나씩 말해주세용
너무 많은데 ㅋㅋ 딱 하나만 고르면
가부장적인 사람인지 아닌지 여러 면으로 체크를 해야 해. 가족 분위기를 한번 보는 게 확실함.
결혼을 해도 각자의 꿈을 펼칠 수 있는
전송
증권사 지점영업 10년 차.
나에겐 그전부터 품어온 꿈이 있다.

과장님~ 이번에도 실적 톱이시네요! 축하드려요~
차장 승진도 따논 당상이구~
이러다 최초로 여성 임원까지 되시는 거 아녜요?

1/4분기 스타PB
임원 좋지!
최 대리가 목표로 삼아봐.
내가 있는 힘껏 도와줄게.
나는 사실 전업주부가
꿈이라서 언젠간 회사
그만두고….
네에?
주, 주부요?

와하하하~
농담도 잘 하셔~
지점장님!
안 과장님 휴가 좀
가셔야겠어요.
요즘 힘드신가 봐요~
진짠데….
뭐?
당장 연차 써!
까르르
주부가 뭐가 어때서?
남편을 비롯해 그 누구도 내 꿈을
진지하게 받아들이지 않는다.
주부만큼 악명 높은 저평가 주식도 없다.

비밀이 없는 관계!
모든 것을 숨김없이
털어놓을 수 있어야….
'배우자'는 내 사전에
없는 단어지만…
전송!

한 사람이 다른 한 사람만을 평생, 변함없이
사랑하는 게 과연 가능한 일일까?
만약 두 사람을 동시에 사랑하게
되면 어떡하지?
평생 나만 본다고
약속해놓고 어떻게
바람을 피울 수가
있어?
그러는 너는
한 번도 흔들린 적
없어?

지키지 못할 약속은 하기 싫다.
감정을 속이거나 바람을 피우는 것도 질색.
다른 사람이 생길 수 있는 가능성을 인정하고,
그 모든 이야기를 솔직하게 나누는 관계를 원해.

사르트르와
보부아르처럼

모든 걸 공유하되
독점하지는 않는다!

달콤한 거짓보다
아프더라도 진실!

가사와 육아 분담을 ㅈㅍ
ㅔㅔㅔㅔㅣㅔㅐㅐㅔ
미안 율이가 ㅣㅔ
ㅔㅔㅔㅔㅔㅐㅔㅣㅔㅐㅐㅐ
ㅐㅐㅐㅔㅔㅔㅔㅐㅐㅐㅐㅐ
ㅐㅐㅓㅑㅑㅑㅑㅑㅐㅑㅑㅑ
ㅓㅓㅓㅏㅓㅏㅣㅐㅏㅓㅏㅏ
ㅣㅣㅣㅐㅐㅐㅐㅐㅏㅐㅡㅐ
보, 복희야…….

4화

Why

4일차

안녕하세요?
안녕
하세요~
잉~
누구여?
3층 사는 부부.
운동 가나 봐?

부부…….
새댁,
상추 갖다 심을래?
키워서 신랑이랑
쌈 싸 먹어~
아, 저희는
괜찮아요.
고맙습니다.

나이 먹을 만큼 먹은 동거 커플이
부부로 오해받는 건 흔한 일이다.
평소 같으면 장난으로
받아치고 넘어갔을 텐데
남편~
저녁에
고기 좀
구워볼까?
ㅋㅋ
좋지~
장모님이 주신
명이나물 아직 있지?

상황이 상황인지라….
눈치
어색
흠흠
이 분위기 더는 못 참겠다.
오늘은 그 얘기 꼭 해야지….

…….
…….

먼저 하나 물어볼게.
응!
뭐든 편하게.

왜!
도대체 왜!
Why?
잘 지내고 있는데
갑자기 왜 이런 변수를!
연이 너 없는 내 인생을
도저히 상상할 수 없고
함께 늙고 싶어서!

뭐야,
이걸 받아치냐.
폭투였는데
예상 질문
대비를 했더니….
폭투가 아니라
돌직구잖아

지난달에 우현이 만났는데
결혼 전이랑 딴판이더라.
청바지 무릎 나온다고
테이블에만 앉던 놈이
이젠 꾸미지도 않고,
계속 아들 얘기만 하고,
밤 10시밖에 안 됐는데
집에 간다고 하고….

먼저 간다~
아들 녀석이 안 자고 있대서
헤헷
근데 그 모습이
이상하게 부럽더라고.
빨리 가고 싶은 집이 있고
녀석을 목 빠지게 기다리는
사람이 있다는 게….
어떤 기분인지 알 것 같아.
안정적이고… 따뜻하고…
근데….

여기도 '우리 집'이잖아.
아늑하고 포근한~
서로를 기다리는~
내가 무슨 말 하는지
알잖아.
난
가족을 만들고 싶어.

프러포즈 나흘 뒤
줄다리기가
시작됐다.
난, 가족을
만들고 싶지 않아.
이기고 지는 문제가 아니라
누군가 도중에 줄을 놔버리는 게
문제가 될 그런 경기.

가계도

〈효도순〉

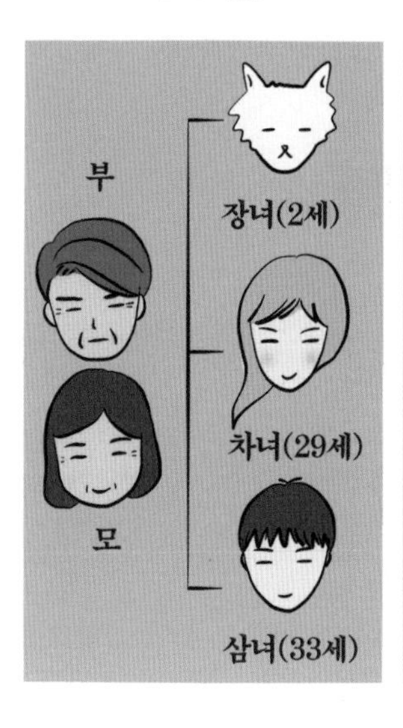

〈출생순〉

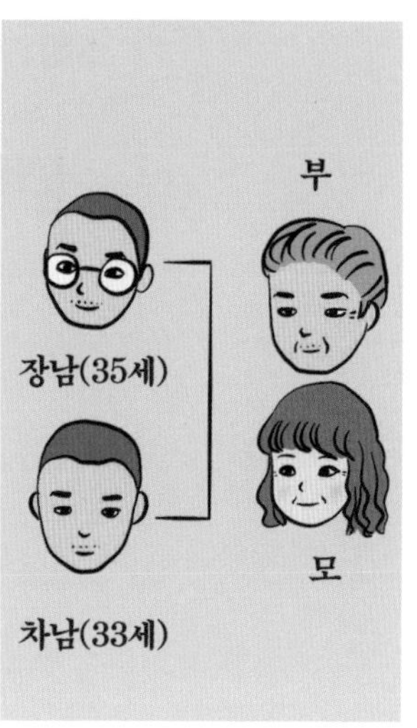

5화

엄마들

고등학교 졸업한 날부터 지금까지
한 번도 제대로 쉬어본 적이 없어.
대학에 붙었다!
근데 집에 돈이 없어
알바
알바
알바
성적 장학
근로 장학
+ 알바
그래도 버텨!!!
취업은 했지만
박봉 격무
보통 졸업이나 이직 때 여행 한번씩은
다녀오던데, 난 인생 통틀어서 사흘 쉬었나?
용산 어디 찜질방 갔었지

이제야 대출금 다 갚고
집에서 독립도 했어.
크게 여유 있는 건 아니지만
적어도 주말 하루는
아무것도 안 하고
뒹굴거릴 수 있게
됐다고.
셀러리 우먼♥
그거라면 결혼해도
나랑 같이 뒹굴뒹굴~

그게 될까?
가족모임 있는데
"저 오늘 집에서
야구 볼 건데요"
할 수 있을까?
성재야…
난 좀 쉬고 싶어.
정신적으로나
육체적으로나….
너까지는 괜찮지만
네 가족들까지
내 삶에 들어오면
과부하 걸리고
말 거야.

용량 없으면 충전을 해야지.
힘이 되고 사랑을 주는
가족이라면 좋잖아.
시댁과의
갈등 이런 거
걱정되겠지만
우리 부모님은
절대 그러실
분들이 아니야.

그거 아니에요

결혼?!
드디어!!
아, 그게 아직.

너 부담될까 봐 내가 말은 안 했지만 올해는 꼭 했으면 했다~ 연이 나이도 이제 아기 가지려면….
좀 있으면 노산이라…
아직 결정된 거 아녜요. 얘기 막 시작했어요.

결혼하면
연이한테
잘해주실 거죠?

우리 일에 너무
간섭한다거나
두 분 생각을
강요한다거나
하면….
얘는~
엄마 아빠를 뭘로 보고!
난 좋은 시어머니 될 자신 있다.

요즘 세상에
며느리 구박이 가당키나 하니?

내 평생 딸이 없어서 얼마나 아쉬웠는데~
친딸처럼 대해줄 거야.

같이 맛있는 것도 먹으러 가고
영화도 보고, 여행도 가고, 얼마나 좋으니?

알았어.
너희 부모님께도
안부 전해드려.
응, 내일
집에서 봐~

성재?
잘 지내지?
응.
결혼하재.
뭐시라아아?
경사
났네
~~

그래서,
할 거야?
모르겠어.
생각 중이야.
근데 반응이 왜 이래?
결혼하라고 성화더니?

그냥… 정 혼자 살고 싶으면
그것도 좋을 것 같아서. 어디서 봤는데
고독사 걱정되면 결혼을 하지 말고
'야쿠르트' 시켜 먹으래.
엄마도 동감이야~
???
뭐지? 진심인가?
아님 새로운 전략?

열에 아홉은 이런 반응을 보이는
'여자 개발자'

6화

적정 거리

복희 언니는
오늘도 못 왔네.
보고 싶었는데….
칫
그러게. 이번엔 꼭
나오려고 했는데 갑자기
시댁에 가게 됐대.

특별한 날도 아니고
그냥 밥 먹는 거라며.
남편이랑 애랑 둘이
가면 안 돼?
내 말이~
휴일엔 친구들도
만나고 그래야지.

애들 좀 봐~
복희가 안 가면 설거지는 누가 하고
시부모님 기분은 누가 맞춰주고
애기 밥은 누가 먹이니?
남편은 뭐 하고!!??

남편? '이 아들이 부모님을 위해
며느리와 손주를 데리고 왔소이다'
하고 뿌듯해하면서
누워
있겠지.
누워 있지.
설마

성재 부모님,
한 번 뵀는데 좋으신 분들 같았어.
며느리 들어오면 딸처럼
잘해주실 거라고….
워워~
벌써
느낌 싸하다?
‘좋으신 분’이란 게
뭔데?

구 남편 부모님도 좋으신 분들이었어.
좋으셨지. 좋으셨어…….
우리
시부모님도
좋으셔.
음……
좋으시지.
음…….
근데 표정들은 왜 그래…;;

애초에
딸이 아닌데
딸 역할을 하고,
딸이 아닌데
딸처럼 대한다는 게
엄청 이상하고
어려운 일이야.
근본적으로
무리한 설정임
Girls

이제 내 딸이라 생각해서
편하게 한 건데 그게
그렇게 서운하냐?
함부로
대하셨는데요.
나도 딸 생겼다고
좋아했건만 무슨 애가
사근사근한 맛도 없고
전화도 자주 안 하고.
아들도
안 하는 걸
왜 제가….

수십 년 같이 살고 피를 나눈 진짜 가족하고도
안 맞을 때가 많고 복장이 터지는데 이건 뭐,
생판 남이었던 사람이 하루아침에
가족이 되는 거잖아. 게다가 여자는
위상도 다르고.
사위는
위풍
당당
백년손님
며느리는
다소곳
아가

'며느리 = 집안의 소유물이 아니라
독립적인 인격체'라는 걸 확실히 하고
적당한 거리를 유지해야 해.
내 생각엔… 가족과 손님의 중간 정도?
학교 때 맨날 놀러와서 밥 먹던
'아들 절친'쯤?
조금 더 가까이
갈까나?
이 정도 거리가
딱 쾌적해요

그
'적당한
거리'를
잘 유지할
수 있느냐
그거지.
불가능한 일
아냐?
어렵지만 아주
불가능한 건 아냐.
남편만 제대로 하면.
응,
남편이 하지 않으면
안 돼.
그렇기 때문에
반드시

결혼 전에 미리 확인해야 한다는 점~
이 남자가 갈등을 일으킬 사람인지,
방관할 사람인지,
내 곁에 서 줄
사람인지를 말야.
이걸 쓰는 게
도움이 될 거다,
친구.
양해각서
척!

복희~
시댁 잘 다녀왔어?
남편은….
?
누워
있었다고?!

7화

각서

야,
양해각서
씩이나?
응.
서로에게 바라는 점,
꼭 지켰으면 하는
약속들을 적는 거지.
menu
구속력은 없지만
내용을 상의해서
쓰는 것만으로도
도움이 돼.

결혼이 뭐니?
좋은 사람 만나서
아껴주고 믿어주고
알콩달콩 행복하자는
거잖아.
그러면서 나도 더
좋은 사람 되는 거고.
얼마나 좋아~
Girls

문제는 결혼을 하면
외부적인 문제들 때문에
갈등이 생기고 힘들어지니까
그 갈등을 최소화할 방안을
마련하자는 거야.
명절에 양가에
가는 문제는…
아이 계획은
휘둘리지 말고
우리 생각대로
종교,
반려동물
문제는
돈 관리는
안부
전화는

하아~ 듣고 보니 그러네.
나도 양해각서 썼더라면….
이혼
안 했다고?
아니, 그때
걸렀겠지.
ㅋㅋ
ㅋㅋㅋ
이혼보다는 파혼이
쉬운데, 그치?

그날 밤

양해각서?
어감이 좀 그렇지? 나도 처음엔 그랬는데 얘기 들어보니까…

하아~
심연. 우리 사귄 지 5년이 넘었어. 3년을 같이 살았고. 근데도 뭐가 그렇게 못 미더운 거야?
응? 그게 무슨….

각서?
뭘 어떻게 쓸 건데?
뭐라고 쓰면,
내가 뭘 걸면
믿어줄 수 있는데?
아니, 그런 각서가 아니라….

성재는 드라마에나 나오는 '혼전 계약서'를
생각했나 보다. 규칙을 어기면 바로 이혼이고
이혼 시 재산 분할 항목을 정하는…….
(우리가 분할하고 자시고 할 재산이 어딨다고;)
설명을 해서 오해는 풀었지만
성재의 화난 얼굴이 계속 눈앞에 어른거렸다.
저렇게 화내는 모습
처음이야….

불안

너 말야….
결혼하면
우리 엄마 아빠랑
잘 지낼 수 있을지,
결혼 때문에 너 자신을
잃어버리진 않을지,
커리어가 망가지진
않을지, 그런 걱정
심각하게 해?

난 이런 생각들 때문에
머리가 터질 것 같아.
밤에 잠도 안 와.
근데 넌 왜 그렇게
화를 낸 거야?
각서라는 단어가
그렇게 기분 나빴어?
오죽하면 내가
각서 얘기까지 하는지,
얼마나 걱정이 많고
불안하면 이러는지
정말 모르겠어?

후우~
나라고 왜
걱정이 없겠어?
지금 은평구에서
내가 제일 걱정이
많을걸….
은평구…
미묘하게 좁네….

8화

성재

연이에게 이런 반응을 기대한 건 아니었다.
다음 주쯤 제대로 했어야 할 프러포즈를
곱창 먹다가 불쑥 해버린 주제에 양심이 있지.

결혼?
응, 좋아!

기다리고 있었어

우린 서로에게 꼭 맞는 사이고
함께할 때 언제나 즐겁고 행복하니까…
결혼을 '하지 않을 이유'가 없다고 생각했다.
두근
두근
지금 내 가슴이
터질 것 같아서
그런가?
달이 유난히 크고
환해 보이는데?
와서 달 좀 봐봐~

어이…
지구에
가까워졌나 보지.
문과
이과
문제에 접근하는 방식이
근본적으로 달라서일까….

기혼자들

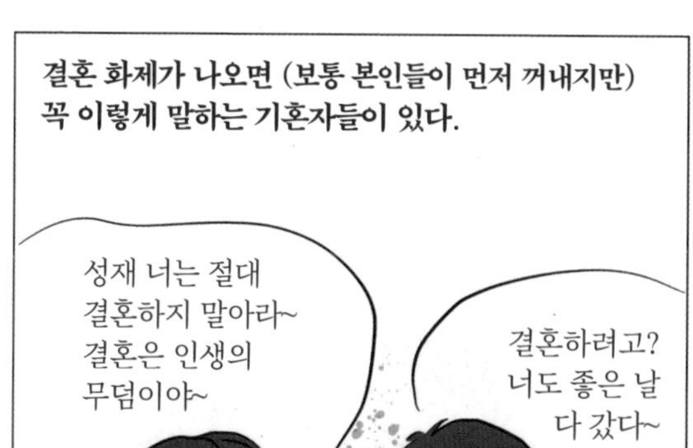
결혼 화제가 나오면 (보통 본인들이 먼저 꺼내지만) 꼭 이렇게 말하는 기혼자들이 있다.
성재 너는 절대 결혼하지 말아라~ 결혼은 인생의 무덤이야~
결혼하려고? 너도 좋은 날 다 갔다~
쯧쯧~

무덤이니 지옥이니 말하는 그들의 결혼생활이 실제로는 어떨지 궁금해진다. 진심으로 말하는 걸까? 진짜 지옥이세요? 아니면 사실 좋으면서 괜히 허세를 부리는 걸까?
농담이라기엔 재미도 없고
첨부터 네가 꽉 잡아야 해. 너처럼 물러 터지면….
맞아. 초반에 기선 제압을 해놔야….

아무 도움도 안 되는 빈정거림 대신 현실적인 조언을 해주는 사람을 만나면 반갑고 고맙다.
결혼하면 진짜 좋아~ 서로 아껴주고 위해주고~
네… 근데 그 친구는… 질색팔색 하더라구요.
하하

질색팔색하는 게 당연하지, 인마!!
다, 당연한가요?
저한테 무슨 문제라도
철썩
휘청

통계가 말해주잖아. 똑같은 맞벌이여도 여자가 남자보다 집안일도 더 하고 육아도 더 하는데 경력은 불안해진다고.
시댁이 생기면 아무래도 감정 노동도 더 하게 되고… 질색팔색하는 게 당연하지.
너, 기혼자 대상으로 한 결혼 만족도 조사 본 적 있어?
뭐, 안 봐도 알겠지
여자들 만족도가 낮죠…

그럼 선배는 어떻게 형수랑 결혼할 수 있었…
쏴랑!
쏴랑이지! 그럼에도 불구하고 사랑이 모든 걸 이긴다~ 이거야!
음홧홧홧~ 마일럽~

사랑이 정말 이길 수 있을까?
프러포즈를 받고 기뻐하기는커녕 한숨 쉬는
연을 보며, 내 속은 하루하루 까맣게 타들어갔다.
어떻게 하면 내 사랑을 더 확실하게….
아… 저렇게나 심란해하다니….
연이는 나를 그 정도로 사랑하진 않는 걸까…?

그 어느 때보다도 연약하게 느껴지는
'사랑'이라는 단어를 간신히 붙들고 있었는데
연이 입에서 '각서'라는 차가운 단어가 나오자
순간적으로 화가 났었다.
아까 화낸 거 다시 한 번 미안해.
네가 나를 정말 사랑하는 건지 불안했어. 그래서 못나게 굴었고….
지금 네 얘기를 들으니 안심이 되네. 사랑을 안 한다거나 그런 본질적인 문제는 아니어서.

응, 이제 알았어.
걱정되는 것들, 하나씩
같이 체크해보자.
우리 잘 해낼 수
있을 거야.
사랑은
하지, 난 그저
변수 사항을….
아~
너무 좋다.
은평구에서
내가 제일
행복한
남자야~
꼬옥
좁은 건지
넓은 건지
미묘하다….

9화

폴리아모리

연이랑 성재는 일단 분위기가 괜찮아진 듯~
그래? 결국 하는 쪽으로 가려나?
결혼이라는 강력한 독점 관계를 맺을지 말지 고민하는 대다수의 사람들 사이에, '비독점적 사랑'을 추구하는 이들도 수는 적지만 분명 존재한다.

최근 어떤 독서 모임에 갔다가 자신을 폴리아모리스트라고 소개하는 사람을 만났다.
여자친구가 둘 있어요. 루시 씨는요?
전 혼자예요. 반가워요~

사람들이 폴리아모리를 스와핑 같은 걸로 취급하는 게 가장 화나요.
맞아요! 스와핑은 육체적 쾌락만 좇는 거잖아요. 우린 정서적이고 지속적인 관계를 추구하는 건데 말예요.
섹스는 사랑하는 사람하고 해야죠. 안 그래요? ㅎ
내 말이요~ 모르는 사람이랑 무서워서 어떻게 해요?

좋아하는 음식, 영화, 색깔… 동시에 여러 개 있을 수 있고 많으면 많을수록 행복한데 왜 사람은 딱 한 명만 사랑해야 하죠?
일대일의 사랑만이 이 세상의 유일한 정답은 아닌 것 같아요.
매우 격하게 공감합니다!

이야기는 몹시 잘 통하고 즐거웠는데
근데 전 아직 경험은 없어서요. 아무래도 '질투' 문제가 가장 어려울 것 같은데 세 분은 어떻게 잘 유지하고 계신가요?
아, 두 사람에겐 말하지 않았어요.
Book & Beer

당신한테 다른 사람이 또 있다는 걸, 그 두 사람은, 모른다고요?
!!
네, 저만 알아요. 그러니까 현재로선 저만 폴리아모리인 셈이죠.

흐으으으읍

알고 보니 폴리아모리를 사칭, 악용하는
사기꾼이었다.
그건 그냥
양다리잖아!
이 새끼가
어디 가서
폴리아모리 소리
하기만 해봐!
비열한 놈!
아악,
이거
놔요!

양다리 걸치는 데
뻔뻔하게 이용해
먹다니… 저런 것들
때문에 우리가
오해 받는다고.
난 정말
이해가 안 된다.
그치?
아니,
걔도 걔고,
너 말야.

'싱글' 폴리아모리스트라는 게
아무리 생각해도 이상하다고.
일단 한 사람을 만나다가
좋아하는 사람이 생기면
그때 가서 고민하면 되잖아.
왜 폴리 어쩌구를
굳이 먼저
밝히는 통에
첫 번째 사람도
못 만나고 있느냐
이거야.

그건 말이지,
폴리아모리는
'삶에 대한 내 태도'야.
어떻게 사랑하고
어떻게 관계 맺고
어떻게 살아갈지에 대한….
당장 애인 만들자고
그걸 숨길 수는 없어.
내 가치관이니까.
가치관이란 게
그런 거잖아?

그래, 뭐…
사람의 가치관은
다양한 거고
존중받아야
마땅하지.
비록 너는
내 가치관을
존중하지 않지만!
아악! 그게
뭔 소리야!
켁
내 주부의 꿈
말이다!

* 결혼식에서 많이 낭송하는
칼릴 지브란의 시 중에서

돈

좋은 직장 다니고
능력도 좋으면서
왜 전업주부가
되고 싶은 건데?
왜긴,
집안일이 좋으니까!
회사 일은 잘하긴 해도
전~ 혀 기쁨이 없어.
난 집에 있는 게
세상 행복하고 좋아.
그럼 자아
실현은?
꼭 회사에서
하란 법 있니?

집 상태를 쾌적하고 일정하게 유지하는 게
얼마나 의미 있고 또 기분 좋은 일인데.
안녕, 마이 홈~
회사 다녀올게~
으아, 저기
베이킹소다로
박박 닦고
싶은데…
주말에나
해야겠네.

개인의 취향과 가치관을 존중해야 한다면서
왜 집안일이 좋다는 사람은 시대에
뒤떨어진 취급을 하는지 모르겠어.
내가 좋다는데 뭐가 문제야? 각자 자기가 행복할 것 같은 길을 조용히 가면 되잖아?

언니, 지금 전혀 조용하지 않…
전업주부가 만만해?
집안일에 퇴근이 있냐, 휴가가 있냐, 포상이 있냐!! 어떻게 보면 회사 일이 더 쉬워!!!!!

그렇게 힘든데도 가사노동은 물질적인 보상이 없잖아. 종일 뼈 빠지게 일해도 무급이니….
요거 한 장이 안 생김~
그치… 환산하면 연봉 얼마라고들 하지만 그 돈을 누가 주냐?

혼자 벌다가 혹시라도 내가 삐끗하면 어떡해;
노후 준비도 더 해야 하고…
현실은 남편 혼자 벌게 할 수는 없다는 거.
꿈은 꿈일 뿐이야, 사실.
얘기만 꺼내도 비웃으니까 그게 열받는 거라고.
말도 못하냐
흠~
WELCOME

집안일을 좋아하는데
돈은 안 된다….

그럼 우리 집 와서
일 좀 해줄래?
집이 완전 난장판이거든.
금금 언니네도. ㅋㅋ
아,
농담이니까
기분 나쁘게
듣진 말고.
Cafe & Drink

순간 유리의 심장이
세차게 뛰었으나
바로 그거야!
집안일도 하고 돈도 벌고
진정한
덕업일치!!!!
히이익?
집안일이
덕씩이나!?
최저시급
계산해보고는
없던 얘기가
되었다.

내 이름은 김금금. 한자로 쓰면 金金金.
장난 같은 이 이름은 가난에 한 맺힌 할아버지가
비장한 마음으로 지으셨다.
야는 할애비 닮지 말고
부~ 자 되라고 금금이다!
金金
아버지도
참….
알았어요.

할아버지의 애끓는 바람과 달리 33세 김금금,
돈 별로 없다. 이혼하고 새로 얻은 코딱지만 한
원룸 보증금과 그 공간의 반을 차지하고 있는
(혼수였던) 대형 냉장고뿐.
둘이 살 땐 냉장실이
미어터졌는데
이젠 죄다 냉동실로
들어가네.
여긴
술밖에
없고….

한 달 벌어 한 달 먹고사는 형편이지만
지금 생활에 너무나도 만족한다.
혼자 사는 거 좋아! 편해! 최고야!
치이익!
유리가 또
그 소리?
바꿔봐~

신혼 때 잠깐 '어차피 임신하면 회사 잘릴 텐데
지금 일 그만둘까?' 생각한 적이 있었다.
그때 그만뒀더라면 지금 어떻게 됐을까?
이혼은 할 수 있었을까?
생각만 해도 아찔하다.
유리니? 응~
헛소리하지 말고
일하자~?

어느 술자리에서

입사할 땐 연봉이 같았지만
연차가 쌓이면서 격차가 벌어진 경우

* 2016 OECD 남녀 임금 격차 조사 결과,
임금 격차 36.7%로 한국이 38개 국가 중 1위

싸함은 사이언스

이런 사람과는 결혼해선 안 된다 : 단 한 번이라도 폭력적인 모습을 보였다면 결혼, 안 된다. 때리거나 던지는 제스처만 해도 아웃이다. 어린이, 노인, 장애인, 동물 등 약자에게 함부로 하는 사람도 안 된다. (이 두 경우는 결혼은커녕 지인으로도 남겨둘 수 없다!) 사소한 일에 쉽게 분노를 표출하거나 연락을 끊어버리는 등 자기 감정을 컨트롤 못하는 사람, 안 된다. 돈을 만만하게 보고 함부로 대해서도 안 되지만 반대로 돈을 너무 사랑하사 인색하게 구는 사람도 안 된다. 사람을 낮잡아 보고 무시하는 사람 안 되고, 피해의식 있는 사람 안 되고, 거짓말을 밥 먹듯이 해도, 도박 좋아해도, 바람기 있어도 안 되고… 쓰자니 끝도 없다.

그럼 결혼해도 괜찮을 사람은? 가치관이 비슷한 사람. 나 자신 그대로의 모습을 존중하고 좋아하는 사람. 내 가족과 친구에게도 잘하는 사람. 얘기를 잘 들어주는 사람. 의견이 다를 때 싸움이 아니라 토론을 할 수 있는 사람. 돈을 정직하게 벌고 적절하게 쓰는 사람. 함께 있을 때 편안한 사람. 신중하게 말하는 사람. 내가 아플 때 헌신적으로 돌봐주는 사람.

빵 두 쪽을 구우면 더 맛있어 보이는 빵을 내게 주는 다정한 사람… 이런 일반적인 항목에 개인의 취향까지 더해지면 (고레에다 히로카즈의 영화를 모두 본 사람이라면, 같은) 이 목록도 끝이 없을 것이다.

재미 반 진심 반으로 써보긴 했지만 어떤 사람이 괜찮고 어떤 사람을 피해야 하는지 우린 이미 잘 알고 있다. 문제는 잠깐 숨을 골라야 할 순간에 그냥 눈을 질끈 감아버리거나 떠밀려서 해버리는 결정들이다. 분명 객관적으로는 장점이 많고 주위에서도 모두 결혼하라고 부추기는데 상대에게서 뭔가 '싸한' 느낌을 받았다면, 그 느낌은 결코 무시하지 않는 게 좋다. 최근 어디선가 "싸함은 사이언스"라는 말을 보고 공감해서 크게 웃었는데, 그 말이 정말 맞다. 뭔가 싸한 느낌이 들었던 사람은 나중에 거의 반드시 나쁜 일에 이름이 오르내린다. 싸하다 싶으면 식장을 잡았어도 일단 타임을 외치고 유심히 봐야 한다. 재고해봐야 한다. '싸함'은 단순히 순간적이고 주관적인 느낌에 그치는 게 아니라 삶의 경험치가 쌓이면서 체득하게 된 고도의 직관력이기도 하니까 말이다.

그녀들의 다름

이 작품을 구상할 때 가장 중요하게 생각한 건 캐릭터의 다양성이었다. 직업이나 성격도 그렇지만 결혼이 핵심 주제이므로 무엇보다도 다섯 친구들의 결합 형태가 서로 겹치지 않고 다채로워야 했다. 그래야 어느 한쪽에 치우치지 않고 여러 의견을 말할 수 있을 테니 말이다. 고민 끝에 이런 조합이 만들어졌다.

1. 비혼 / 장기 연애, 동거 중
2. 이혼 / 다시 결혼할 생각은 없으나 아이는 갖고 싶음
3. 신혼 / 결혼생활에 만족하나 아이 생각은 없음
4. 비혼 / 폴리아모리 / 한부모 가정에서 자람
5. 기혼 / 유자녀 / 워킹맘

(그리하여 이 조합을 가지고 다양한 이야기를 잘 풀어냈는지에 대해서는… 뒤에 가서 다시 참회하기로 하고…)

그리고 하나 더. 내 나름대로는 외모 다양성에 꽤 신경을 썼다. 심연은 짧은 머리에 쌍꺼풀 없고 주인공치고는 극히 평범하게 생겼다. 몸매가 부각되는 옷을 입거나 그런 포즈를 취

하지도 않는다. 성재는 유일한 남자 캐릭터지만 아무 특혜 없이 찢어진 눈매와 M자 탈모를 부여받았다. 금금이는 다소 뚱뚱하다. 하지만 본인을 포함하여 누구도 그 사실을 농담이나 비하의 소재로 삼거나 간섭하지 않는다. 증권회사 지점영업을 하는 유리는 머리핀 하나 꽂질 않고 콘택트렌즈 대신 안경을 쓴다. 직장 여성, 특히 고객을 상대하는 직종에서는 암암리에 잘 관리된 외모를 요구하기도 한다. 그래서 더더욱 그녀에게 무채색의 옷을 입히고 안경을 씌우고 싶었다.

가장 중요한 건, 이 친구들은 절대 서로의 외모에 대해 지적질을 하지도, 공허한 칭찬을 하지도 않는다는 점이다. 살이 쪘네 빠졌네, 누가 예쁘네 어쩌네 따위의 말은 하지 않는다. 그 점이 중요했다. 탈모인이 나오면 한 번쯤은 놀리는 장면이 있고, 비만인이 나오면 비만에 대한 스트레스를 토로하기가 십상인데, 그런 정형화된 패턴을 따르고 싶지 않았다. 이미 온 국민이 크고 작은 외모 강박에 시달리고 있는데 즐겁자고 보는 만화에서도 외모 이야기를 해야겠는가? 이런 의도가 독자들에게 전달이 되었는지는 모르겠다. 어쩌면 '그랬어? 몰랐는데?' 하는 반응이 가장 바람직한 것 같기도 하고….

10년 전, 30년 뒤

한국보건사회연구원의 '미혼 인구의 자녀 및 가족 관련 생각' 보고서에 따르면 지난해 20~44세 미혼 남녀 2464명을 설문조사한 결과 결혼을 긍정적으로 생각하는 미혼 남성은 50.5%로 절반을 넘은 반면, 여성은 28.8%에 그쳤다. 남성도 '결혼을 해도 좋고, 안 해도 좋다'(39.2%)는 유보적 응답 비중이 컸고, '하지 않는 게 낫다'(6.6%)는 의견도 적지 않았다.

_ 2019년 2월 7일 『서울신문』 기사 중

나보다 열 살 많은 언니는 서른 살에 결혼했다. 당시로선 늦은 편이었다. 아버지는 언니가 이십대 후반으로 들어서자마자 하루하루 몸이 달아서 왜 나이가 꽉 차 가는데 결혼을 안 하느냐고 닦달을 하셨다. 13년 뒤 내가 결혼할 때에도 서른셋이란 나이는 평균보다 약간 많았지만 의외로 아버지는 결혼을 한 번도 재촉하지 않았다. 그 십여 년 사이에 생각이 많이 바뀌었던 거다. 만약 지금 살아계셨다면 손녀딸들에게는 결혼 같은 건 하지 말라고 하실지도 모르겠다.

결혼에 대한 가치관이 전사회적으로 빠르게 변하면서 부모들의 생각도 함께 바뀌고 있다. 불과 1, 20년 전만 해도 대다수 부모의 바람은 딸이 좋은 집에 시집가서 아이 낳고 잘 사는 것이었다. 결혼 '적령기'인데도 결혼을 '못한' 딸이 있으면 남 앞에 소개하는 것도 부끄러워했다.

요즘은 딸의 비혼 선언을 적극 받아들이고 응원하는 부모가 많이 늘고 있다고 한다. 아내, 엄마, 며느리로서 가사와 육아, 집안 대소사를 챙기느라 정작 자신은 꿈과 커리어를 포기하고 투명해질 수밖에 없었던 우리 엄마들. 직접 겪어봤으니 딸들에게는 굳이 결혼하지 말라고, 네 삶을 주체적으로 살라고 권하실 만하다.

아빠들은? "결혼이 여자의 행복이다" "결혼을 해야 안정된다"라는 고릿적 주장을 펼치자니 당신들이 보기에도 지금 이런 사회구조 속에서 딸이 결혼하고 출산하면 그다지 행복하지도, 안정되지도 않을 것 같은 게다. 소중하게 키운 딸이 결혼을 하지 않아야 행복하겠다고 하는데, 행복을 빌어줘야지 어쩌겠는가?

소중하게 키우고 있는 내 딸은 나와 결혼하기로 했다. 매년 부부의 날이면 피오니 딸기 케이크 한 조각을 사다 먹는 게 우리 집의 작은 이벤트인데 작년 부부의 날 "왜 엄마 아빠만 부부냐, 나도 엄마랑 부부를 하겠다"라고 외친 것이다. 다섯 살이 볼 때 부부란 케이크를 먹는 날까지 있으니 생일만큼 좋은 거겠지. 문득 내 딸이 결혼을 고민해봄직한 2, 30년 뒤에는 이 땅의 결혼 풍토가 또 어떻게 변해 있을지 궁금하다. 그때쯤 되면 결혼을 할까 말까 진지하게 고민하는 이 만화가 유물처럼 느껴지려나? 아무튼 현재의 나는 딸에게 이렇게 말해주고 싶다.

"훗날, 그게 부부여도 좋고 연인이어도 좋고 친구여도, 이웃이어도 좋아. 누가 됐든, 사소한 일을 기념하고 즐거워하며 케이크 한 조각 다정하게 나눠 먹을 사람이 네 곁에 있기만을 바랄게."

출발선이 달랐다

프러포즈를 받은 연은 기겁하며 답을 피했을 뿐 아니라 며칠째 한숨을 쉬며 고민한다. 성재는 그 모습을 지켜보며 불안하다. 그녀가 왜 이렇게 질색팔색하는 걸까? 우린 너무나도 잘 맞는 짝인데 왜? 조언을 구하기 위해 찾아간 선배는 "통계가 말해준다, 똑같은 맞벌이여도 여자가 더 고생하고 경력도 불안해진다, 결혼하면 고생길이 뻔하며 결혼 만족도 역시 여자가 낮다"라는 바른 소리를 조목조목 들려준다. 그런데도 어떻게 결혼할 수 있었느냐 물으니 갑자기 "사랑이 모든 걸 이긴다"라는 달뜬 소리를 한다. 성재는 돌아와 생각한다. '연이는 나를 그 정도로 사랑하지는 않는 걸까?'

둘의 차이는 여기서부터 명확하게 드러난다. 연이는 현실적인 고민과 불안에 휩싸여 있는데 (시부모와 잘 지낼 수 있을지, 아내, 며느리 역할을 어떻게 해야 할지, 커리어가 망가지지 않을지, 내 개인 시간을 어떻게 확보할지, 아이는 앞으로 어떻게 할지 등등) 성재는 지금 사랑 타령이나 하고 있는 것이다. 특히 그 선배는 문제를 이미 너무나도 잘 알고 있으면서도 실천적인 대안("그러니까 네가 가사 분담을 잘하고 시댁과 마찰이 없도록 전면에 나서야 하고…" 등등)을 제시하지 않았다는 게 문제다.

다행히 성재는 연의 고민을 무질러버리는 사람은 아니다. “이제부터 네가 걱정하는 문제들을 함께 체크해보자”라고 했다. 가능성이 보인다. 하지만 독자들은 성재가 못 미더웠나 보다. 이 무렵 댓글란은 “이 결혼 반대한다”라는 외침으로 연일 뜨거웠다. 두 사람의 인식 차이는 있었지만 벌써부터 성재가 아웃 당할 만큼 큰 잘못을 한 건 아닌데, 하고 살짝 의아했다. 그러다 곧 대중이 그만큼이나 공분한다는 것은, 이 ‘차이’가 사실상 거의 모든 걸 말해주기 때문이라는 생각으로 이어졌다. 고민할 게 너무나도 많은 여자와, 애초에 그건 생각도 못한(하지 않아도 되는) 남자….

출발선에서부터 확실히 균형이 맞지 않았던 것이다.

새로운 사랑의 형태, 폴리아모리

영화 〈아내가 결혼했다〉는 비독점적 연애, 다자간 사랑을 일컫는 폴리아모리(polyamory)를 본격적으로 다룬, 내가 알기로는 한국 최초의 작품이다. 동명의 원작 소설은 영화보다 2년 앞선 2006년에 나왔는데, 이중결혼을 요구하는 아내의 입을 빌려 과연 일부일처제만이 행복이고 최선인지 의문을 제기한 화제의 작품이다. 당시 영화 관객들은 아내(손예진)를 독점할 수 없어 괴로워하는 남편(김주혁)에 주로 감정을 이입해 '손예진이 아무리 예뻐도 이건 이해할 수 없다' '이건 그냥 판타지다'와 같은 반응을 보였던 걸로 기억한다. 폴리아모리라는 지향에 대해 진지하게 논해볼 준비가 아직 안 되어 있던 때였다.

10년이 훌쩍 지난 2017년, 다시금 드라마에서 폴리아모리들을 만나게 됐다. 넷플릭스 오리지널 〈당신과 나 그리고 그녀〉(YOU ME HER)의 주인공은 교외에 사는 30대 부부다. 섹스리스 문제를 타파하고자 젊은 여자 대학원생을 만나게 되는데 그만 진지하게 사랑에 빠져버린다. 셋이 서로를 동시에 말이다. 즉 남자 한 명, 여자 두 명 세 사람이 A+B, A+C, B+C 조합으로 서로를 사랑하고 갈등도 하는 이야기. 소재는 파격적이고 자극적이지만 전체적으로 유쾌하게 풀어내고 있으며 폴리아모리의 실질적인 고민들도 디테일하게 다루고 있다. 이 드라마 외에도 폴리아모리가 등장하는 드라마나 영화, 다큐멘터리가 제법 눈에 띄었다. 우연히 소재가 겹친 걸까? 유행이기라도 한 건가? 어쩌면 폴리아모리 인구가 실제로 늘고 있다고 볼 수도 있지 않을까?

검색해보니 그 사이 한국에서도 폴리아모리 소재를 다룬 콘텐츠가 몇 편 나왔다. 〈아내가 결혼했다〉만큼 묵직하게 다룬 작품은 없어 보이고 어떤 건 '양다리'와 구분되지 않게 잘못 그려내기도 했지만, 아무튼 이런 낯선 사랑의 형태를 주목하는 사람들이 늘고 있다는 느낌은 확실히 받았다. 인류학자이자 사회학자인 후카미 기쿠에가 직접 폴리아모리 그룹을 인터뷰한 책 『폴리아모리 : 새로운 사랑의 가능성』(해피북미디어, 2018)을 보자 그 생각이 더욱 강해졌다. 언젠가부터는 화면에서뿐 아니라 우리 주위에, 자신을 폴리아모리로 정체화한 사람들이 하나씩 둘씩 나타날 것이다.

그게 바로 『하면 좋습니까?』에 폴리아모리를 등장시킨 이유다. 내 작품에서 깊이 있게 다루지는 않더라도 최소한 "세상에는 이런 지향, 이런 선택을 하는 사람들도 있답니다"를 말하고 싶었다. 화제라도 던져두고 싶었다. 폴리아모리의 세계관을 모두가 이해하거나 포용할 필요는 없다. 대다수는 이해할 수 없을 거고, 행여 머리로는 이해한다 해도 직접 실천으로 옮기는 건 또 다른 어려운 문제이기도 하다. 그냥 폴리아모리가 뭔지 알기만 해도 좋겠다는 생각이었다. 그럼 적어도 '그런 건 없다'라고 존재 자체를 부정하지는 않을 것 아닌가. 누군가 자신을 폴리아모리라고 밝혔을 때 '그게 뭔 개소리야?'라는 말부터 튀어나오진 않을 것 아닌가. 위 책의 역자는 이렇게 말한다. "옳다 그르다의 문제가 아닌 가능성의 문제다. 누구나, 생경함을 이겨내면 세계가 넓어진다."

루시를 통해 '나와는 다른 어떤 삶'에 대해 알게 되어 단 1밀리미터라도 세계가 넓어지고 유연해진 독자가 있다면, 작가로서 그보다 더 기쁜 일은 없을 것이다.

첫째도 경제력, 둘째도 경제력

최근 몇 년 사이 비혼 여성이 증가한 주요 동력은 여성의 경제력이다. 78년간 비혼으로 살아오며 '국가대표 비혼'으로 꼽히는 김애순 씨는 저서 『하고 싶으면 하는 거지… 비혼』(알마, 2019)에서 이렇게 말한다. "경제적인 독립이 없으면 언감생심 비혼을 생각이나 할 수 있나. 이제는 '결혼 꼭 안 해도 된다'라는 이야기를 젊은이들이 많이 하니까 결심은 훨씬 더 쉽죠. 하지만 실천에는 역시 첫째도 경제력, 둘째도 경제력이야." 그보다 앞서 버지니아 울프는 『자기만의 방』에서 모든 여자에게는 '자기만의 방'과 '돈'이 있어야 한다고 강조했다. 나에게도 만약 젊은 여성들이 조언을 딱 하나 해달라고 한다면 1초도 지체 없이 "돈 열심히 벌고 열심히 모으세요"라고 할 것이다. (돈의 중요함은 비혼에게만 해당하는 건 아니지만 말이다.)

문제는 아무리 개인이 열심히 벌고 모아봤자 경제적으로 독립하기가 쉽지 않다는 거다. 가장 크게 들어가는 돈이 주거비용인데 1인 가구를 위한 주거공간은 턱없이 부족하거나 비싸다. 내 집 마련 좀 해보자고 주택청약을 들어도 1순위는 신혼부부 즉 '정상 가족'의 몫. 고소득자가 아닌 이상 1인 가구의 상당수는 값비싼 월세를 내느라 생활이 빠듯해 목돈이 필요한 상황이 닥쳐도 대처하지 못하고 노후 대비도 엄두를 못 낸다. (전체 1인 가구의 9퍼센트만이 노후 대비를 하고 있다고!) 각종 공제나 의료, 금융 혜택 역시 혼인 가족을 기준으로 한다. 1인 가구가 인구 전체의 28퍼센트에 달하고 계속해서 늘어날 것으로 전망되는데도 제도적 뒷받침은 너무나도 미비한 것이다.

여성의 상황은 여기서도 한층 더 어려워진다. 남녀 간 임금 격차, 고용 차별, 승진 누락 등의 문제로 여성의 소득은 더 낮고 상승 폭도 적은데 꾸밈비용과 핑크택스로 지출은 더 크다. 누가 창문으로 들여다보지 않는, CCTV가 가까운, 조금이라도 더 환하고 안전한 집을 구하려면 당연히 월세는 가파르게 뛰어오른다. 불안정한 주거환경과 경제상황은 내가 원치 않았던 길 - 부모에게 의지하거나 결혼을 선택하는 길로 이끌 수도 있다. 비혼의 길을 걷기로 마음먹었다면 이를 악물고 경제력부터 갖춰야 한다고 선배들이 부르짖는 이유다. 당장 생활비를 아끼고 저축하는 일은 당사자들이 할 일이지만, 관련 제도가 개선되도록 관심을 기울이거나 '남녀 동일 임금'을 위해 목소리를 내는 일은 비혼 기혼 가릴 것이 없다.

나는 소위 '정상 가족'의 구성원이지만 비혼인들, 1인생활자들이 지금보다 훨씬 더 안정적이고 행복해져야 한다고 생각한다. 생각 정도가 아니라 몹시 앙망한다.

여러분도 동의하시나요? 동의하시죠? 그렇다면 당장 '생활동반자법'부터라도 조속히 제정될 수 있도록 관심을 보여주세요! (급 영업으로 마무리 & 다음 에세이에 계속 이어집니다.)

"삶의 경험을 함께할 파트너가 있다는 건 중요하지.
근데 선택지가 결혼밖에 없냐는 거야.
결혼도 여러 결합 형태 중 하나일 뿐인데
사랑의 '결실'이나 '완성'인 양
너무 과대평가되어 있는 것 같아."

2부

안 하면 후회할까?

장점

"프로젝트를 하다 보면 개발자랑 기획자는
필연적으로 부딪칠 수밖에 없어."
자꾸 안 된다고만 하지 말고 되는 방향으로 좀….
기획안을 지금 주면 우린 어떡해요? 간이침대 펴요?

"기획자는 내가 부정적이라고 생각하겠지만
정해진 기간 내 못 마치거나 사고가 나면
막판에 책임지고 밤새는 건 우리 팀이니까…
신중할 수밖에 없어."
긍정
해보자!
도전!
걱정
최악의 상황 시뮬레이션
현실
이렇게 하면 근사할 것 같죠? 사용성도 좋아지고~
재미는 있는데 이게 보기보다 작업이 복잡해요.
테스트까지 하려면 이틀 더…

'결혼'이라는 프로젝트가 갑자기 왔을 때
습관적으로 리스크 파악부터 한 것 같아.
마이너스 요소부터 보고, 방어적이 되고….
물론 리스크가 많은 건 사실
결혼의 좋은 점에
대해서는 생각을
너무 안 한 것 같아.
이제부터라도
해보면 어떨까?

그거 좋지~
가까운 데 여행이라도 가서….
엑셀?!
착!

외롭지 않다

든든하다

언제나 내 편인 사람이
늘 곁에 있다

주변의 잔소리나
간섭에서
자유로워진다?

법적으로
인정받는
관계가 된다

체계적으로 미래를
계획할 수 있다

아아… 이제 알았다… 내가 왜
팍 끌리지 않았는지.
왜? 뭔데?
이미 그렇게
살고 있으니까!
방금 말한 장점들이 별로
와닿지가 않아.
그게
그렇네….

아! 결혼하면 전세대출금 많이
받을 수 있어! 우리 이 집 얻을 때
힘들었잖아? 신혼부부 대출은
1억도 넘게….
흥! 그 돈을
아주 주는 것도
아니고 결국
갚을 돈인데, 뭐.
이 나라는
결혼하라고
들들
볶으면서
혜택이
고작, 쳇~

잠깐 쉬자~ 응?
커피! 커피 마시자!
아 왜~
일단 머리를 좀 식히고 다시 얘기해 보자구~
더치에 우유 타줄까?

요며칠 많이 반성했어. 내가 너무 갑자기 너한테 부담을 준 것 같아.
장점도 장점이지만 리스크부터 줄이는 게 맞을 것 같아. 그러다 보면 결론에 도달하겠지.
우리 천천히 생각하자.

좋아.
쪽!
사랑해.
고맙고.
나도~

…….
…….
적다 보니
장점이 별로
없어서…?
아, 아냐~
신혼여행!
신혼여행 휴가는
어때? 일주일!!
ㅋㅋㅋ

가만···
신혼여행
유급 휴가
휴가가
일주일!!!
주르륵
미끼란 걸
알면서도 물고
싶어져!!

동거

디자인팀
사람 뽑는 것 같던데요?
응,
윤 대리가
그만둔대.
아,
배가 많이
나왔더라니.

여직원들
결혼하고 임신했다면서
그만두는 거 말야,
회사 입장에선, 응?
뭐 긴말은 안 하겠지만….
쯧쯧~
야근 안 시키면
계속 다니지…
관두고 싶어서
관두나?

심 과장은
올해 몇 살이지?
서른셋
입니다.
뭐? 삼땡이야?!

나이 먹을 만큼 먹고 왜 결혼 안 해?
남자친구 있다면서? 옛날 같았으면
애를 셋은 낳았겠네.
하나만 하세요,
하나만!
결혼을 해도 난리
안 해도 난리

저… 심 과장님은
동거하신다고…
얼핏 들었어요.
응, 3년 됐어요.
크게 말해도 돼요.
감출 일 아닌데, 뭐.
배려는 땡큐~

여자친구랑 요즘 이 문제로
고민이 많거든요. 동거 먼저 할지,
결혼을 바로 할지…
어떠세요, 과장님은?
난 하길
잘했다고 생각해요.
살아보니 어떤 사람인지
확실히 알 수 있어서.
데이트랑
생활을 같이 하는 건
다른 애기거든.

맞아요!
제 친구는
여자친구가 깔끔하고
좀 예민하다 싶었는데
같이 살아보니까 결벽증이
너무 심해서 결국 파혼했어요.
여기 완전
엉망이잖아!
한 5센티
벗어난 것
뿐이야…
내 친구는
집에서 손 하나 까딱 안 하는 남자랑
결혼했다가 반년 만에 이혼했구.
동거가 일종의 '테스트베드'가 된달까?

그럼 동거의
단점은요?
…결혼을 굳이
왜 하나 싶은 거?
에휴우우~
앗! 지금 그런 상황?!

만약 우리가 따로 살면서
저녁마다 헤어져야 했다면
결혼을 쉽게 결정했을지도 몰라.
늘 함께 있으면 얼마나 좋을까?
힝~ 떨어지기 싫어~
절절
애틋
설렘

같이 살면서 역시
설렘은 없어진 거예요?
설렘이
아주 없진 않지만….
앗! 가만 있어봐 큰 거 하나 찾았어!
오~ 보여줘, 보여줘~
블랙헤드 발견했을 때
설레는 사이

결혼은 하기로
결정했고요?
네,
둘 다 아이를
원해서요.
INFOMATION
사실 저도
제도로 꼭 묶일 필요 있나 싶었지만
아무래도 한국은 결혼을 해야
아이를 낳고 키울 수 있으니까….

아….
한국도 동반자등록법이
있으면 결혼하지 않아도
프랑스나 독일처럼…
엇? 왜요?
우뚝
가족을
만들고
싶어.
이건 분명 아이가 포함된 '가족'이겠지.
아이… 아이에 대한 내 생각은….

이날 이후

아이

심경 고백 1

웅성웅성
서른셋이고 동거 중인데 아이에 대한 생각을 여태 못했다는 게 말이 됩니까?
가임기 여성으로서 출산율이 현저히 떨어지고 있는 현실을…
아이에 대한 제 입장은 이렇습니다.

완전 사랑하고 원합니다.
출산율 아니 출생률은 제 소관이 아니고요
펑
펑
진심인가요?!
그럼 지금 낳겠다고 발표한 건가요?

(뭔데, 이 설정은…;;)
아기!!!
따끈따끈
조잘조잘
씰룩씰룩
꼬릿꼬릿
말랑말랑
꺄아~♥
너무 좋아! 너무 예뻐!
어릴 때부터 아기만 보면
정신을 못 차렸어. 당연히
나도 엄마가 될 줄 알았고.

아악~
지금은 안 돼~
나중에, 응?
끄덕끄덕
근데 결혼에 대해
고민이 많아지면서
의식적으로 아이 생각은
괄호 속에 넣게 되더라.
결정하는 데 있어서
너무 강력한 한 방이라…

심경 고백 2

사람들은 나한테
"애 생기기 전에 이혼해서
얼마나 다행이냐"라고 하는데
글쎄… 맞는 말이지만….

애가 있었어도 이혼하고
둘이 씩씩하게 살았을 거야.
결혼은 다시 안 해.
근데 아이는 갖고 싶어.
싱글맘으로 사는 건
엄청 용기가 필요한
일이지만….
뭐 일단 남자도 없다만 ㅎ

우리 엄마랑 내가
그렇잖아. 혼외 출산.
어릴 때 놀림도 많이 받고
힘들었지만 진짜 고생은
엄마가 많이 했지….
헤헷
잘 컸어
엄마한테
잘 해~

지금도 미혼모에 대한 시선은
옛날이랑 똑같아. 출생률 낮다고
호들갑을 떨면서 '정상 가족의 자녀'
아니면 인정도 안 해주지.
크흑!
그러니
자꾸 가여운
아가들이
버려지고….
으아아앙~
진정해!
잠깐
괄호 좀 닫아!

난 아이 계획 아직 없는데
주변에서 자꾸 떠밀어.
너희, 결혼하면 잔소리 해방될 것 같지?
숨 돌릴 틈도 없이 '2세 오지랖'이
시작된다!
긴장을 늦추지 마라!

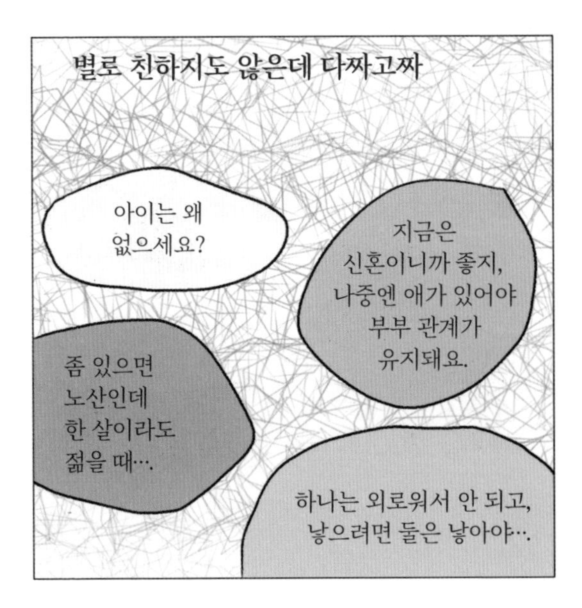
별로 친하지도 않은데 다짜고짜
아이는 왜 없으세요?
지금은 신혼이니까 좋지, 나중엔 애가 있어야 부부 관계가 유지돼요.
좀 있으면 노산인데 한 살이라도 젊을 때….
하나는 외로워서 안 되고, 낳으려면 둘은 낳아야….

후후… 내 맘이야…
애를 낳든 말든,
언제 낳든,
하나를 낳든 열을 낳든,
내 일이라고….
화내는 것도 지겨워서
웃고 말지요
주문하신 음식
나왔습니다~
생각해보면
이 지구에 사는
인간들이
'전부 결혼을 하고
전부 아이를 낳으면'
그것도 좀
이상하잖아?

낳는 사람도 있고
안 낳는 사람도
있어야지~
야채도 있고!
고기도 있고!
응?
혼자 사는
사람도 있고!
남녀 커플도 있고!
남남 여여도 있고!
그래야 생태계의 균형이
맞는 거 아닌가?
앗! 술도 시켜야
여기 균형이~

아기를 괄호 속에 넣는 방법

14화

불안

복희~ 요즘 어때?
일하랴 율이 키우랴
많이 힘들지?
힘내
오후 다섯 시에 카톡을 보냈는데
밤 열한 시에 답이 왔다.
율이맘♡
율이 재우고 지금 나왔어^^;
넌 뭐 해?
우리 오랜만에 통화할까?

성재는 자.
내일 취재 있어서
새벽 일찍 나간대.
남편은 야근?
치익!
앗!
맥주 땄구나?
역쉬 복희~
죽지 않았어~
같이 마셔!

힘드냐고? 말도 마.
감기 낫자마자
수두 걸려서 어린이집
일주일이나 못 갔어.
엄마가 와서
도와주셨지,
뭐~
요즘은 또
기저귀 떼는 중이라서
이불 빨래 계속 나오지,
쬐깐한 게 자기 주장도
강해져서 기싸움이
장난 아니라니까?
웃겨 증말

근데 있지,
힘들기는 진짜 힘든데,
애가 주는 행복이
진짜 말도 못하게
커서…
율이 낳은 게
내가 살면서 가장
잘한 일 같아.
그, 그래?

다섯 살 여자아이들의 꿈은 모두 똑같았다.
아빠랑
결혼할래!

결혼이 뭔지 대충 알게 돼서도
예쁜 드레스를 입고 결혼하는 꿈에는
변함이 없었다. 대상만 바뀌었을 뿐.
난 진우랑
결혼할 거야!
난 한율이랑!
드레스는 핑크색~
흑
아빠
저리 가!

어른이 되자 더는 결혼이 '꿈'은 아니었지만
인생이라는 게임판을 착착 나아가다 보면
자연스럽게 이르게 될 단계라고 생각했다.
딱히 환상은 없었지만
굳이 의심도 없었다.
출발!
파이팅!
결혼
연애
취업

막상 현실은… 앞으로 한 칸 나가는 게 너무
힘들어서 결혼에 대해 생각할 여력이 없었다.
두 칸은 점프해서 훌쩍 뛰어넘고 싶었다.
행복한 노년
은퇴
내집 마련
출산
결혼
연애
취업
졸업
끄악! 여기 완전 힘들어!!
연애 안 하면 자리도 없냐?!
나 다시 돌아 간다
어차피 여기서 힘 다 써버려서 못 갈 듯?
우린 도대체 언제까지 이 칸에 묶여 있냐
아오 좁아

불안

내 자리는 지금 여기.
앞 칸으로 갈지 말지는 미정.
친구들은 비교적 골고루 분포되어 있다.
결혼 출산 칸에도 몇 명 나가 있지만 역시 여기가 가장 많네~
야! 앞에 가봤자 별거 없어
취업
연애
결혼
김금금~ 또 그런다~ 여기도 좋거든?

결혼 꼭 할 필요 있니?
우리에겐 친구가 있잖아~♡
오래오래 재미나게~~
함께라서 즐거워. 든든해. 근데 만약에….

마흔이 되고 쉰이 돼서 문득 주위를 둘러봤을 때
나만 혼자 있으면 어떡하지?
한 칸 더 전진이오~
나도 이렇게 될 줄 몰랐네. 미안~
마련
결혼
연애
애인 없음
난 후진했는데… 앗, 너까지…

…나는 율이를 너무너무 사랑하고
율이도 나를 믿을 수 없을 만큼 사랑해줘.
평생 사랑을 주고받을 존재가 있다는 게
너무 든든하고 행복해.
아아…
복희는 율이랑 저~ 앞에서
빛나고 있구나….
가끔 걷잡을 수 없이 두려워질 때가 있다.

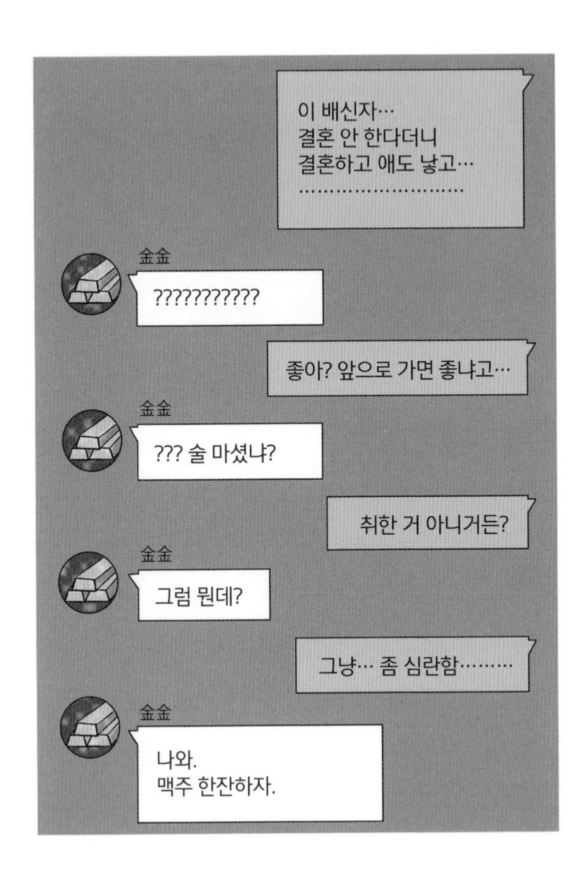
이 배신자…
결혼 안 한다더니
결혼하고 애도 낳고…
………………………
金金
???????????
좋아? 앞으로 가면 좋냐고…
金金
??? 술 마셨냐?
취한 거 아니거든?
金金
그럼 뭔데?
그냥… 좀 심란함………
金金
나와.
맥주 한잔하자.

15화

어떤 선택

불안하지,
왜 아니겠어?
'혼자 사는 여자'랑 '불안'은 그냥 한 몸이야, 한 몸. 자웅동체!
돈이 많으면 좀 덜하겠지만

가깝게는 CCTV 하나 없는 빌라에 매일 혼자라는 불안….
저벅 저벅
왜 계속 왔다갔다 하지 T.T
출입할 때 사주경계는 기본이고 밤늦게 문 앞에서 발소리만 들려도 가슴이 철렁 내려앉아.

여자 혼자 사는 티 안 내려고
우습지만 절박한 꼼수를
다 쓰고….
딩동~
네~
문 앞에
놔주시겠어요?
자기야~
빨리 나와~
남자 속옷

멀게는 미래에 대한 불안?
내가 이 1인 가구의
가장인데 갑자기 실직을
한다든가 병이라도 걸리면
어쩌나 싶지.
고독사 얘기도 예전엔 그냥
웃어 넘겼거든? 한 번
아파보니까 웃을 일이
아니더라.
욕실에서 한 번
쓰러졌는데…
매일 카톡
보내야겠군.

그렇지만!
불안하기만 하면
살 수가 없지.
자유!
무엇과도 바꿀 수 없는
자유가 있다는 점!
나는 고기보다
이 파가 좋더라
끼
르
르
!

먹고 싶을 때
먹고 싶은 거 먹고
훌쩍 여행을
떠날 수도 있죠~
여가생활
마음껏 다양하게
즐기고요~
나 자신에 오롯이
집중할 수 있어요~
하루종일 말을 안 할 수
있는 것도 자유랍니다~

자유에는
불안이
따르지.
체제 안에 들어가면
안락하지만
얽매이게 되고.
애초에 완전무결한 선택지가 있을까?
자기에게 좀 더 맞는 선택이 있을 뿐.

끙~
난 그걸 모르는 게 문제야.
어떤 선택을 해야 더 행복할지
잘 모르겠어.
둘 다 좋고, 둘 다 겁나
어차피
정답은 없잖아?
마음이 더 가는
데로 가야지.
마음 가는 곳이라….

뭘까

02:24
응?
왜 나와서 자지?
불도 켜놓고.
살금
살금
새벽에 귀가해
정신없이 자고
일어났더니

성재는 일찍 나가고 없었다.
아이고
머리야….
어제 너무
달렸네….
얘는 안 늦고
잘 갔나….
저건 뭐?

잘 잤어?
많이 마신것 같던데
속 불편하더라도
꼭 먹고 출근해.
다녀올게~
화분에 물줬어
꿀

아침잠도 많으면서
이건 또 언제 일어나서
삶았대….
따끈따끈하네
내 머리는
얽매이는 게 두렵고
자유롭길 바라지만
내 손끝은
온기에 바로 반응한다.
이 따뜻함을
잃고 싶지 않다는….
내가 진짜로
원하는 건 뭘까?

성재의 달걀 은근히 삶는 방법

16화

그날의 일

04:16
끙끙
앗,
기다리다
깜빡 잠들었네.
들어왔나?
툭! 쿵

엄청
들이부었군….
왜 또
앓는 소리를
푸우우우우
끄응

끙끙대는 모습을 가만히 보고 있자니
작년에 있었던 '그 일'이 떠올랐다.
푸우우우 끄응
푸우우우 끄응

왜 그래? 또 아파?
안 되겠다, 응급실 가자.
움직일 수 있겠어?
이번엔
진짜로
죽을 것
같아….
끙끙

작년 이맘때쯤 연이는 며칠 간격으로 심한 복통에 시달렸다. 급체나 위경련 같다는 소견으로 약만 받아왔는데 응급실에 세 번째로 갈 땐 상황이 심각했다.
위염약 먹어도 계속 이러면… 설마 암 같은 건 아니겠지?
제발… 제발…

밤새 발을 동동 구르며 대기하고 검사받고… 다음 날이 되어서야 결과가 나왔다. 담석증이었다. 다행히 빈 병실이 있어서 바로 입원할 수 있었다.
돌이 너무 커서 담낭을 제거해야 한대.
금식
나 그럼 이제 '쓸개 빠진 연'이야?
크큭… 아이고 배야

심연 환자 보호자분~
입원 안내서 받으셨죠? 수술 동의서는….
네, 여기요.
배우자 이시죠?

아뇨. 그건 아닌데 제가 보호자 맞아요. 남자친구고 같이 살고….
합병증과 후유증
충분한 설명을 들
수술 및 마취에 협력
판단에 위임하
어, 그럼 안 되는데... 보호자가 사인하셔야 해요. 가족한테 연락해서 빨리 오시라고 해주세요.
환자 또는 대리인 (관계:)
주민등록번호
주소
(인)
보증인
주민등록번호
주소
(인)

결국 부모님이 오셨고
그럼 엄마 아빠를 안 부르려고 했어?
괜히 걱정하잖아. 수술 끝나면 말하려고 했어~
성재 애썼다
아닙니다
금식

수술은 잘됐지만 당장은 거동이 불편해서
연이는 퇴원하고 곧장 부모님 댁으로 갔다.
나는 다음 날 일을 해야 했으니까….
곁에 있고 싶었지만
'여자친구'가 아픈 걸로는
일을 쉴 수 없었으니까….

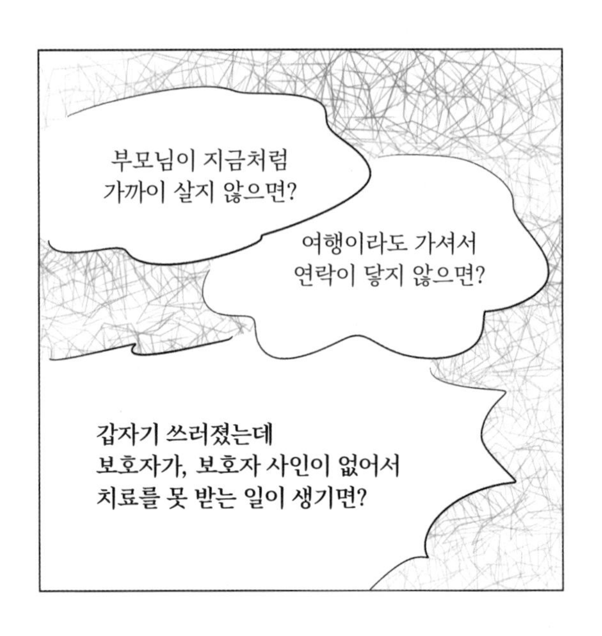
부모님이 지금처럼
가까이 살지 않으면?
여행이라도 가셔서
연락이 닿지 않으면?
갑자기 쓰러졌는데
보호자가, 보호자 사인이 없어서
치료를 못 받는 일이 생기면?

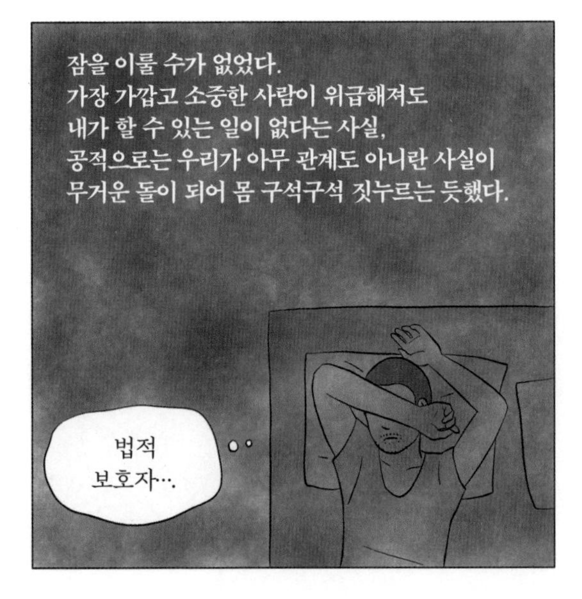
잠을 이룰 수가 없었다.
가장 가깝고 소중한 사람이 위급해져도
내가 할 수 있는 일이 없다는 사실,
공적으로는 우리가 아무 관계도 아니란 사실이
무거운 돌이 되어 몸 구석구석 짓누르는 듯했다.
법적
보호자….

내가 무슨
하자 있는 사람인 것처럼…

대답하는 것도 귀찮은데
그냥 결혼해버릴까?
ㅋㅋㅋ

농담~

17화

추상어와 구체어

쇼핑할 때 말야,
그렇게 계속 고민하고
들었다 놨다 하면
내 짝이 아닌 거야.
그런 건 그냥 내려놔야지.

진짜 "이거다!" 싶은 건
바로 사게 되거든.
50% off
끄응

어떤 물건이냐에 따라 다르지.
집이나 차를 살 때도 이거다! 하고
한 번에 살 수 있니?

중요한 아이템일수록 이것저것 고려하고
신중해지는 건 당연한 거야.
비싸~

신중한 건 좋지만
장고 끝에 악수 두는 일이
종종 생겨서 문제지. 시간이 갈수록
쫓기는 기분이 들거든.
이걸로
주세요~

S/S 50% off
지금…
귀걸이 얘기하는 거
맞지?
뭐, 귀걸이도 있고~ ㅋㅋㅋ

Welcome
KIDS ZON
저번에 얘기한 각서는 썼어?
아니.
왜?!
??

뭐, 어쩌다 타이밍을 놓치기도 했지만
결혼할지 말지 아직 안 정했으니까?
각서는 결혼을 전제로 쓰는 거잖아?
달그락
그건 결혼이 결정되면...

응? 난 각서를 먼저 써보라고
얘기한 건데.
결혼에 대한 생각이 서로 맞는지
조목조목 확인하고 나서
결정하라는….
응,
근데
각서부터
쓰는 게
어쩐지 좀….

그럼
살기부터 하다가
안 맞으면?
착
착
나 좀
이렇게 사용하지
말라고….

이혼 얘기가 나와서 말인데
결혼 비용이랑 이혼율이랑
비례한다는 연구 결과가
있대.
미국 무슨 대학교 연구팀
그게
무슨 말이야?
결혼에 돈을
많이 쓰는 커플이
안 그런 커플보다
이혼할 확률이 높대.
어디까지나
통계일 뿐이지만

왜 그렇게 되지?
반대일 것 같은데.
결혼 비용을 낮춘 커플이
서로 이해가 더 잘 된다는 뜻이겠지?
대화도 많이 하고 협력했기 때문에
비용을 낮출 수 있었을 테니까.
남들 하는 만큼은
해야지
끙
차
허례허식
벗고 결혼의 본질에
집중하자 ♥

역시 관건은
대화를 많이 해야….
좋지! 아니 무조건
그래야지! A부터 Z까지
시시콜콜!
네가 왜 결정을
못하는 줄 아니?
넌 지금 계속해서
추상어만 쓰고 있어.
'행복'이니 '자아'니
'불안'이니….
'고민하는 나'에
심취~

이제
추상어는 집어치워!
돈 관리는 누가 할지!
가사 노동, 육아는 어떡할지!
'스드메' 할지 말지!
이런 구체어를 써서
상의하고 고민하고
싸우기도 하란 말야!
지금부터가 진짜야. 오케이?

우리 금금이~
추상어 백만 개 쓰던 시절이 있었는데~
언제 이렇게 커서 결혼도 하고~ 또~
흐즈믈르뜨….

18화

시뮬레이션

우리 저번에 그…
'양해각서' 쓰자고 하고선
한동안 대화를 못했네.
야근도 많았고
안 그래도 얘기
꺼내려던 참이었어.
지금 하자~
NO MEANS NO

각서라는 단어가
좀 그렇지?
첨엔 그랬는데, 괜찮아.
의미가 중요하지 뭐.
NO MEANS NO
아니야,
나도 줄곧 생각해봤는데
딱 맞아떨어지는 말은
아닌 것 같아.

취지는, 결혼하면 생길 수 있는
문제들을 미리 체크해보고
해결책을 찾자는 거잖아.

그 과정이 의미가 있는 거지,
뭔가를 딱 약속하고, 적어두고,
그게 중요한 건 아닌 것 같아.
뭐가 좋을까~
제목이 없으면
한 줄도 못 쓰는 타입

일어날 수 있는
여러 상황을 예상도 해보고
대비도 해본다….
아!
'시뮬레이션' 어때?
오~
좋아! 딱 그거야!

시뮬레이션을 돌려봤는데
너나 나나 도저히 아니다,
이건 정말 해결이 안 된다, 싶으면…
결혼은 없던 얘기가 되는 거야.
그래야지.

그렇게 되면 역시…
헤어지는 거?
이 집은 어떡하지?
뭐? 얘기가 왜
그렇게 튀어?

그렇잖아. 너도 곧 삼십 대 중반인데
결혼 생각 있는 사람 만나야지.
으하하하~
아니야.
너니까,
너랑
결혼하고
싶은 거야.

너랑 계속 이렇게 즐겁게 살면서,
사람들한테 인정도 받고 법적인
보호도 받고 싶은 거야.
또 통신사
가족 할인도 받고
비행기 마일리지도
같이 쓰고….
그 사이
몇 개 더 늘었네?

배역

결혼으로 내 생활이
송두리째 바뀌지 않았으면 좋겠어.
그게 가능할까?
역할들이 많이 생겨버리잖아.
本
며느리
아내
엄마
일
가사
취미
취미 내려놔라…

지금 생활에서
크게 바뀌는 건 나도 싫어.
그리고 그런 일은
없도록 해야지.
각 배역이
해야 할 일을
최대한 줄이고,
나눠서 같이
하자.
꾸우욱

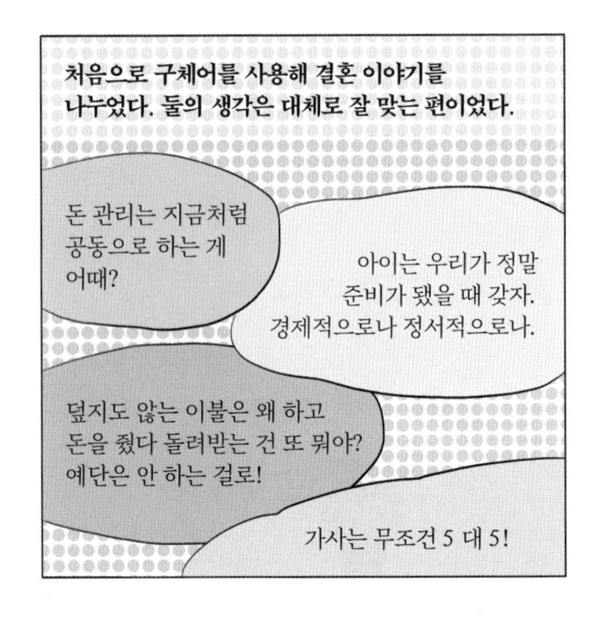
처음으로 구체어를 사용해 결혼 이야기를
나누었다. 둘의 생각은 대체로 잘 맞는 편이었다.
돈 관리는 지금처럼 공동으로 하는 게 어때?
아이는 우리가 정말 준비가 됐을 때 갖자. 경제적으로나 정서적으로나.
덮지도 않는 이불은 왜 하고 돈을 줬다 돌려받는 건 또 뭐야? 예단은 안 하는 걸로!
가사는 무조건 5 대 5!

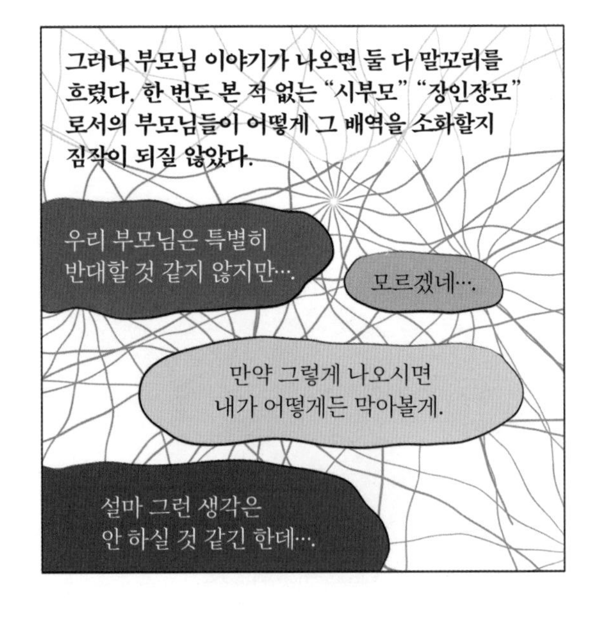
그러나 부모님 이야기가 나오면 둘 다 말꼬리를
흐렸다. 한 번도 본 적 없는 "시부모" "장인장모"
로서의 부모님들이 어떻게 그 배역을 소화할지
짐작이 되질 않았다.
우리 부모님은 특별히 반대할 것 같지 않지만….
모르겠네….
만약 그렇게 나오시면 내가 어떻게든 막아볼게.
설마 그런 생각은 안 하실 것 같긴 한데….

엄마, 제 아내 케이트 예요.
안녕하세요, 제인. 말씀 많이 들었어요.
네가 케이트 구나
부럽다…
겁나 부러워….
서기 3천 년쯤 되면
우리도 가능하려나

19화

예상문제

우리는 부모님 예상문제를 집중적으로, 다양하게 풀어보기로 했다.
보자… 좀 가벼운 걸로… 오, 이런 게 있네.
"신혼여행을 다녀왔더니 부모님이 주말마다 밥을 같이 먹자고 하신다!"
뭐? 주말마다? 말도 안 돼!
일단 너희 집으로 상정해보자

성재야~ 엄마가 너 좋아하는 육개장 끓여놨는데 정말 안 올 거야?
히익
아, 엄마! 연이 맨날 야근하고 힘든데 주말엔 우리도 좀 쉬어야지.
아아악~ 노노노노노~

그렇게 얘기하면 내 입장이 좀 그렇지.
나 때문에 안 가는 것 같잖아.
살짝 위험 발언이여
그런가?
그럼…
"이번 주엔 저희가 일이 있어요.
다음 주에 갈게요." 어때?

당장 한 주는
넘어가겠지만….
다음엔
다른 핑계를
또 대면 되지.
아님 그냥 가서
한 끼 먹고 오면 되잖아?
그렇게 어려운 일은
아니지 않아?

엥?
그렇게 말하면
내가 뭐가 돼?
시댁 가기 싫어서 지금
핑계 만들자는 게
아니잖아.
아, 나도 그런 뜻으로
말한 건 아냐~
그냥… 갈 수 있을 땐 가서
밥 한 끼 먹고 오고,
여의치 않으면 가지 말고,
그때그때 상황에
맞추잔 거지.

이 문제의 포인트는
'밥 한 끼'가 아니라 부모님이
'매주 오라'고 하신 거잖아.
그런 요구는
말도 안 되지.
우리도 우리
생활이 있는데….
1. 결혼 후 부모님이 갑자기
"토요일마다 와라. 같이 저녁 먹자"고
어떻게 해야 할까?
① 군말 없이 매주 간다.
② 일단 몇 번은 갔다가 서서히 횟수
③ '매주'는 무리라고 말씀드린다.
를 박차고 뛰쳐나온다.
얼굴을 본 적 없는 친척의
가야 할까?
그러니까! 그걸 처음부터
정확하게 말씀드려야 한다고 생각해.
괜히 오케이한 다음에 핑계를 대는 게 아니라…

시댁 가서 밥 먹는 거?
그래, 어려운 일 아니야.
너에게 소중하고
감사한 분들이잖아.
자주 찾아봬야지.
하지만….
'가야 한다'고
딱 정해놓는 건
말이 안 돼. 아무리
부모님이라도 그렇게
하실 순 없지.
이런 경우엔 처음부터
확실하게 "No"를 하자.

근데 예상문제 사례들이 좀… 유별나잖아.
이런 일들이 실제로 많이 있을까?
이렇게까지 세세하게 할 필요가 있나 싶어서.
이거 기출문제랍니다~
난이도도 낮은 편

엄마~ 나 왔어요.
어서 와~ 밥은 먹었어?
기성 결혼문화에 순응하지 않고 나만의 방식으로

허례허식을 버린 스몰 웨딩이 각광받고…
개성이 넘치는 작은 결혼식의 현장을…
청첩장은 손편지로 직접 만들었고요,
드레스는 원래 입던 원피스 조금 손봐서~
요즘 저렇게들 결혼을 많이 하대~ 재미있구먼.
그러게, 알뜰하기도 하고. 젊은이들 생각이 기특하네~

오~ 우리 엄마 아빠
생각이 꽤 젊으신데?
다행~
그치? 괜찮지?
나도 한다면 저렇게
간소하게 하고 싶어.
아님 아예 식은 안 하고
그 돈으로 여행을….

뭐어?
말도 안 되는 소리!
시골에 어른들도
계신데 무슨!
결혼식은
제대로
해야 하는
거야!

화르륵
연… 오늘부터
예상문제 하루
100개씩이다….
뭔 일
있었어?

20화

말의 씨앗

날씨 좋~ 다!
이런 날 이불 빨아서
팡팡 널면 딱인데~
맞다,
과장님 꿈이
전업주부라는 거
진짜예요?
오늘의 메뉴
돈까스
모밀우동

진짜지, 그럼.
집안일이 적성에 딱 맞거든.
집을 깨~ 끗하게 해놓고
저녁에 남편이 오면
알콩달콩~
그럼 그만둬.

꿈이 있다면
살면서 한번쯤은
도전해봐야지.
파이팅!
안유리 힘내라!
으익! 차장님도 참~
제가 무슨 창업이라도
하는 것처럼 ㅋㅋ

왜? '꿈'이라면서.
그거랑 이거랑, 달라?
관두라는 건 물론 농담~
아…….

전업주부 되고 싶다는 말,
회사 다니기 싫어서 하는 말은
아니지?
저, 저는 먼저
들어갈게요
그럴래?
자기 커피
사 갈게~
절대 아니에요!
정말로 집안일을 좋아하고
또 굉장히 가치 있는 일이라고 생각해요.

중요한 일이라고
나도 생각해.
전업주부의 일을
폄하하는 건
아니야.
하지만 우리 주위엔
원하지 않았는데 사회에서
밀려나고 경력 끊기면서
전업주부로 남는
여자가 많아.
따뜻한
라떼
두 잔,
또…

남자는 "가장이라서"
일이 꼭 필요하지만
여자는 "남편이 돈 버니까"
"전업주부의 길도 있으니까"
하면서
Coffee
알게 모르게 인사상
불이익을 당하기도 해.
안 과장이 속으로 생각하는
것까지 내가 뭐랄 순 없지만,

적어도 그런 말을
공공연하게 할 땐
주변도 둘러보면
좋겠어.
자기 말의 씨앗이
어디로 날아가서
어떤 싹을 틔울지
모르잖아?
전업주부가
되고 싶지 않고,
될 상황도 안 되는
많은 여자들이
살얼음판 위에서
일하고 있어.
예를 들면
바로 나?
ㅎㅎ

그동안 떠들고 다닌 게 너무
부끄러워…. 실컷 전업주부가
꿈이라 해놓고 막상 주부로
살라는 소리를 들으니까
기분이 별로인 거 있지.
완전 이중적이야….
나 좀 두들겨 패줘
정신 차리게
GOL
Beer

우리 지점 에이스
안 과장님~
천장 뚫고 올라가
앞 길 터주시나 했더니
전업주부가 꿈이라고~
아아~ 말이나 말지~
힘이 쭉 빠지네~
저 봐~
일을 아무리 잘해도
여자는 역시 가정을
지켜야 한다니까.
이 대리도 때 되면
좋은 남자 만나서,
응?

주변에 그런 영향을
줄 수도 있단 생각
정말 못했어.
나 진심 최악….
으아아아앙
야, 이제
그만해~
잔인한 놈
패달라며
뭘 울고 그러냐!
여자가 돼 갖고.
그래,
몰라서 그랬잖아.
이제 앞으로
신경 쓰면 되지~

너무 처지진 마~
나도 나만 알고 살다가
선배들한테 배웠어.
이제 우리가 후배들에게
귀감이 돼야지?
같이 힘내자, 우리.
좋아, 기운 내자!
앞으로 잘하자!
어이,
먹을 거 좀 없어?
33세 안유리,
부끄러운 만큼
힘을 내기로 마음먹다.
다가올 더 많은
날들을 위해서.
벌떡

업무팀 김민정이
결혼한다며? 그,
결혼하면 아무래도…
안정적이 되겠죠?
박성환 대리 결혼할 때
그렇게 말씀하셨잖아요~

생활동반자법을 제정하라!

한국은 지금 늦어도 너무 늦었다. 아직도 여자 남자가 결혼을 해야만 가족이고, 거기서 태어난 혈연만이 가족이라니. 이게 얼마나 현실과 동떨어져 있는지 사례를 들어볼까?

A는 평생 B와 함께 살았다. 혼인신고만 하지 않았을 뿐 여느 부부와 다름이 없다. 그러나 두 사람은 서로에게 아무런 법적 보호자의 지위를 갖지 못한다. 건강보험도 따로 가입했고 배우자 공제 등 세금 혜택도 없다. 어느 날 A는 큰 수술을 받게 되어 법정대리인의 수술 동의서가 필요하다. 하지만 곁에 있는 B는 쓸 수가 없고, 어릴 때 자신을 학대한, 지금은 절연한 친부모를 찾아야만 한다. 부모를 만나느니 차라리 죽고 싶다. 가만, 근데 죽으면 내 보험금과 재산은 어떻게 되지? 내게 평생을 헌신한 B에게 주고 싶지만 현실은 남보다 못한 부모에게로 상속된다.

여기서 A와 B는 연인일 수도 있고 친구일 수도 있다. 삶의 동반자이자 실질적인 보호자임에도 불구하고 법적으로는 투명인간이라니, 이건 단순히 씁쓸하고 말 일이 아니다. 사실상 국가가 정상 가족 외의 사람들을 정책적으로 차별하고 사회 안전망 바깥으로 밀어내는 것이다. 핏줄과 족보가 세상 중요했던 시절엔 그래도 됐었다 치자. 하지만 이제는 가족의 의미와 삶의 형태가 나날이 바뀌고 있다. '내가 선택한' 가족도 법적으로 인정받고 제도 안에 포용되어야 한다.

이미 프랑스는 1999년부터 시민연대계약(PACS, 팍스)제도를 도입해 동거인에게도 법적 가족과 유사한 권리와 의무를 보장해주고 있다. 독일은 2001년부터 생활동반자법을 통해 보호자 권리뿐 아니라 부양 의무, 채무 연대책임까지 지도록 했다. 다른 많은 나라들도 각자의 상황에 맞는 해법을 내놓았다. 우리만큼 전통적인 관습이 강한 일본도 지자체별로 '파트너십 증명제도'를 시행하고 있으며 점차 확산되고 있다.

반면 한국은? 지난 2014년 진선미 의원이 '생활동반자관계에 관한 법률'을 발의했지만 국회에서 제대로 논의조차 되지 못했다. 청와대 청원게시판에는 이와 같은 법을 추진해달라는 청원이 줄을 잇는다. 실질적인 보호자를 가족으로 인정해달라는 합리적인 요구가 왜 받아들여지지 않는 것일까? 설마 "이런 법안이 통과되면 동성애가 창궐한다"라는 종교계의 말도 안 되는 주장 때문은 아니겠지? 사상 최저를 기록하고 있는 출생률이 여기서 더 떨어질까 봐 두려워서 결혼에만 목을 매고 있는 건 아니겠지? 동성애자 인구는 법안이 생겼다고 없던 인구가 막 늘어나는 게 아니며 (늘면 또 뭐가 어떻고?) 프랑스는 팍스 도입 후 도리어 출생률이 높아졌다. 한심한 질문에 일일이 답을 달고 있는 것도 우습지만….

지금 이 글은 2019년 2월에 쓰고 있고 책은 몇 개월 뒤에 나올 것이다. 글을 쓰는 입장에서는 엉뚱하고 묘한 말이지만, 독자들이 이 책을 펼쳐보실 때쯤엔 꼭 관련 법안이 만들어져서 이 글이 생뚱맞고 뻘쭘하고 무용해지면 좋겠다.

결혼은 싫지만 아이는 낳고 싶어

어릴 때부터 나는 이런 말을 자주 했다. "결혼은 싫어. 하지만 아이는 낳고 싶어." 이 말에 동의하는 여자 친구들이 꽤 많았다. 남자 친구들은 어리둥절해하거나 말도 안 된다고 웃었지만 나이가 들수록 고개를 끄덕이는 수가 어리둥절파의 수를 역전했다. 사랑하는 사람과 함께 사는 것, 오케이. 예쁜 아이를 낳아 알콩달콩 아끼며 사는 것, 완전 오케이. 하지만 결혼으로 인해 두 무리의 가족과 친척과 족보를 전부 내 삶에 들이는 것, 아임 낫 오케이! 나는 그저 아주 작은 가족을 만들어서 단순하고 조용하게 살고 싶었다.

하지만 혼자 아이를 키우며 사회생활도 잘해내고 자기관리도 멋지게 하는 슈퍼 싱글맘은 할리우드 스타쯤 되어야 가능한 일이었다. 한국에서 여자 혼자 아이를 키운다? 가장 먼저 '어쩌다가' 싱글맘이 됐는지 의심과 동정, 편견의 눈길을 견뎌야 한다. 경제적으로도 궁핍해질 확률이 높다. 전체 미혼모 가운데 일자리가 있는 여성은 45퍼센트밖에 안 된다고 한다. 아이를 돌볼 사람이 없으니 당연히 제대로 된 일을 할 수가 없는 것이다. 애초에 취업이 잘될 리도 없다. 전문가들은 아이를 혼자 키우기로 마음먹은 순간부터 사회적, 경제적으로 고

립되고 빈곤의 악순환에 빠지기 쉽다고 말한다. 국가의 지원은 현재로선 있으나 마나 한 수준이다.

눈 비비고 현실을 보니 싱글맘으로 사는 건 너무나도 어려운 일이었고 그렇다고 동거 상태로 아이를 키우는 것도 만만찮게 험난한 일이었다. 나는 그만큼 큰 용기는 없었다. 조카들한테나 더 잘해주면서 살까, 생각할 무렵 좋은 사람을 만났다. 가치관이 맞고 대화도 잘 통하고 일단 술을 끝내주게 잘 마셨다. 그도 나처럼 결혼에 대한 염은 없었지만 아이는 무척 좋아했다. 길에서 아이와 마주치면 우리 둘 다 눈가에 웃음이 스몄다. 그걸 어느 순간 깨닫고, 내가 먼저 결혼하자고 했다. 가슴이 콩닥콩닥 뛰는 프러포즈 뭐 이런 건 아니었고 연남동 어디 굴다리 같은 데 지나가다가 불쑥 제안했다. 결혼 준비도 3개월 만에 최소한의 형식만 갖춰서 해치워(?)버렸다.

결혼은 우리에게 사랑의 결실이라거나 아름답고 환상적인 뭔가는 아니었다. 그저 맘 편하게 매일 술을 같이 마실 수 있는 음주 공동체, 돈을 합쳐 원룸에서 방 두 개짜리 전세로 옮길 수 있는 경제 공동체, 아이를 한마음으로 성실하게 키울 수 있는 육아 공동체를 만든 거였다. 이제 딸아이와 고양이까지 넷이 된 우리 집 '이런저런 공동체'는 현재까지 원활하게 운영되고 있다. 결혼으로 인해 우리 삶에 들어온 두 무리의 가족도 다행히 스트레스를 주는 존재가 아니라 든든하고 고마운 존재다. 이건 굉장한 행운이라고 생각한다.

문득 이런 상상을 해본다. 30년쯤 뒤, 딸이 소파에 누워 발을 까딱거리며 "결혼은 안 해. 근데 아이는 낳을래"라고 한다. 우리 부부는 식탁에 앉아 낮술을 마시다가 "그럴래?" 하고는 계속 술을 마신다. 그래도 되는 시대인 것이다! 그 다음 장면은 갓 태어난 귀여운 손주를 안고 활짝 웃는 모습. 그 다음 장면은 손주를 안고 재우고 젖병을 물리며 황혼육아에 시달리는… 헉! 이게 뭐야! 그, 그만 생각하기로 하자…….

분자 가족의 탄생

혼자 살면 자유롭지만 동시에 불안하다. 집에 늘 혼자라는 불안, 내게 무슨 일이 닥쳤을 때 돌봐줄 (또는 발견해줄) 사람이 없다는 불안, 경제적인 불안 등등. 나는 이번 만화에서 두 가지로 선을 그었다. A) 체제 안에 들어가서 안락하되 얽매이거나, B) 자유롭게 살면서 외로움과 불안을 감당하거나. 어느 쪽도 완벽하진 않으니 이 둘 중 자기에게 더 맞는 걸 선택하라고 말이다. 지금 와 다시 보면, 이렇게 두 가지 선택지로 딱 잘라 나눈 건 거칠고 나태했다. 왜 A와 B밖에 없겠는가? A+도 있고 C^2도 있고 Ω도 있을 수 있는데!

1인 가구는 원자와 같다. 물론 혼자 충분히 즐겁게 살 수 있다. 그러다 어떤 임계점을 넘어서면 다른 원자와 결합해 분자가 될 수도 있다. 원자가 둘 결합한 분자도 있을 테고 셋, 넷 또는 열둘이 결합한 분자도 생길 수 있다. 단단한 결합도 느슨한 결합도 있을 것이다. 여자와 남자라는 원자 둘의 단단한 결합만이 가족의 기본이던 시대는 가고 있다. 앞으로 무수히 다양한 형태의 '분자 가족'이 태어날 것이다. 이를테면 우리 가족의 분자식은 W_2C_4쯤 되려나. 여자 둘 고양이 넷.

지금의 분자 구조는 매우 안정적이다.

–『여자 둘이 살고 있습니다』(위즈덤하우스, 2019) 중에서

결혼할지 말지를 넘어 새로운 선택지를 찾은 사람들의 이야기가 지금 뜨거운 주목을 받고 있다. 인용한 책의 두 저자 김하나, 황선우는 각자 오랫동안 1인 가구로 살다가 서로를 알게 된 뒤 함께 살기로 한다. 한 집에서 즐겁게 지내고 서로를 돌봐주되 상대방의 영역에 깊숙이 침범하지는 않는 삶. 각자의 리듬으로 살면서 아침저녁으로는 안부와 격려와 농담을 주고받는 삶. 돈을 합치니 마음에 드는 쾌적한 집을 구할 수도 있었다. 동거인의 부모님과도 잘 지내지만 효도에 대한 의무감이나 부담감은 없다. 1인 가구와 2인 가구의 장점만을 쏙쏙 뽑았다고나 할까. 물론 독립적으로 살아온 두 사람이 한 집에 사는 일은 결코 녹록한 일이 아니어서 몇 차례의 크고 작은 다툼이 있기도 했지만 그건 혼인 가족도 똑같이 겪는 문제 아니겠는가.

두 저자는 "같이 살길 참 잘했다"라고 입을 모아 말한다. 혼자와 결혼 사이에서 고민하는 많은 독자들에게 새로운 대안

을 제시하고 응원을 보내주는 이야기이자, 결혼 유무와 관계 없이 '어떻게 우리가 따로 또 같이 잘 살 것인가'에 대해 생각하게끔 하는 이야기이다. 그리고 일단 내용이 너무 유쾌하고 재미있다. "(결혼)하면 좋습니까?"라는 물음을 넘어 새로운 가족의 형태 — 저자들의 표현에 따르면 분자 가족, 조립식 가족을 직접 만드는 데 관심이 있다면 이 책을 꼭 읽어보시기를 권한다.

소유보다는 경험

남편과 나는 결혼을 결정하자마자 주머니를 탈탈 털어 각자 얼마씩 갖고 있으며 얼마나 더 융통이 가능한지를 낱낱이 공유했다. 돈을 합친 뒤엔 가장 먼저 방 두 개짜리 전세 빌라를 구했다. 나머지 돈으로 가전 가구를 사고 결혼식을 올리고 신혼여행도 가야 했는데 당연히 액수가 빠듯했다. 예단이니 예물이니 하는 허례허식은 다 집어치우고 구청에 가서 혼인신고만 하고 싶었지만 관습을 완전히 거부할 용기, 연로하신 부모님들을 일일이 설득하고 싸울 패기까지는 없었다.

우리는 적당한 선에서 타협하기로 했다. 그래, 어르신들이 원하는 최소한의 양식은 갖추자. 결혼식도 하고 결혼반지도 맞추고 사진도 찍자. 딱 거기까지만! 다행히 양가 모두 간소한 결혼 준비에 이견이 없었고, 예단을 바라거나 참견하는 친척도 없었다.

우리는 머리를 맞대고 비용 절감에 골몰했다. 돈을 처음부터 전부 합친 것이 유효했다. 만약 항목을 나눠서 따로 준비했다면 자존심이라든가 눈치 문제로 쓸데없이 지출이 과해질 수도 있었지만, 합쳐버린 뒤엔 '우리 돈'이기 때문에 한마음 한 뜻으로 아낄 수 있었다. 싱글 침대 하나 빼고는 자취할 때 쓰던 물건 전부를 신혼집에 그대로 가져갔다. 오래된 빌라의 자잘한 수선은 친오빠가 와서 도와줬고 벽지는 도배를 하는 대신 내가 페인트 조색을 해서 직접 칠했다. '스드메'는 소셜마켓에서 염가로 나온 패키지를 이용했다. 대여 드레스는 밑단 실밥이 풀려 있었고 신랑 신부가 입장하는 길에 우아한 생화 장식도 없었지만 지금 와서 누가 그걸 기억하랴? 나도 내 드레스 디자인이 가물가물한데!

이것만은 지금도 하루하루 생생하게 기억하고 있다. 그해 초여름 바르셀로나에서 보낸 2주, 지중해의 태양과 바람과 맥주와 타파스의 시간들. 그렇다, 우리는 예식과 혼수에 쓸 돈을 최대한 아껴서 여행에 투자한 것이다. 지금 돌아봐도 현명한 선택이었다. 살림살이는 살면서 하나씩 바꾸고 늘리면 되지만 신혼여행은 (일단은) 한 번뿐 아니겠는가.

지금도 우리는 소유보다는 경험을 중시하며 살고 있다. 옷이나 물건을 잘 사지 않는다. (자취할 때 이미 중고였던 세탁기를 지금까지 쓰고 있다.) 아이 옷과 장난감도 거의 물려받거나 중고로 구입한다. 대신 맛있는 음식을 먹고 여행을 다니는 데에는 돈을 아끼지 않으려 한다. 새 옷이나 가방이나 장식품보다는 즐거운 저녁시간과 여행이, 창작을 하는 우리 부부와 한창 자라나는 딸에게 피가 되고 살이 된다고 믿기 때문이다. 엥겔 계수가 너무 높고 은유를 넘어 진짜로 살이 붙고 있는 건 슬슬 걱정이 되고 있다만….

결혼 모의고사는 셀프

연과 성재가 '부모님 예상문제'를 풀었던 19화 때부터 "모의고사 기출문제 어디서 구하냐" "단행본 만들 때 기출문제 수록해달라"라는 댓글이 쇄도했다. 처음엔 나도 솔깃했다. "오~ 진짜 모의고사 문제를 갱지에 인쇄해서 부록으로 붙이면 재밌겠다" 싶었다. 그러나 곰곰 생각한 결과, 이 모의고사는 미세먼지 자욱한 요즘 하늘처럼 존재 자체만으로 사람들의 기분을 망치고 편견을 강화할 가능성이 농후했다. 시험문제가 제시하는 갈등과 고민 상황 자체가 마치 공해처럼 스트레스를 유발하는 것이다. '세상에! 진짜 이런 경우가 있단 말야? 결혼은 할 게 못 된다!' 진저리 치는 사람도 있겠고 '이런 일들만 있는 건 아닌데 너무 부정적인 면만 보네' 하고 답답한 사람도 있을 것이다. 결과적으로 이 시험지를 들여다보는 사람 그 누구도 즐겁지 않을 것 같아서 모의고사 출제는 하지 않기로 했다.

기출문제를 원하고 요청했던 독자들의 마음과 의지는 무척 반갑고 감사하고 또 열렬히 응원한다. 오백 번 옳다. 결혼을 염두에 두고 있다면 파트너와 여러 화제에 대해, 최대한 많은 대화를 나눠봐야 한다. 설령 분위기가 어색하고 불편해지는 한이 있더라도 말이다.

문제지를 직접 만들어보는 것도 방법. 소재는 이미 도처에 널려 있다. 친구의 경험담일 수도 있고, 카페 옆자리에서 들려오는 대화 내용일 수도 있고 드라마나 영화의 에피소드일 수도 있다. 예를 들면 "친구가 부모님께 다달이 생활비를 부쳐드리기 시작했는데 액수가 너무 커서 생활이 휘청거린대. 우리한테 만약 그런 일이 생기면 어떻게 해야 할까?" 묻는 거다. 상대의 답과 내 머릿속의 답이 일치하지 않을 수 있다. 그거야 맞춰가면 된다.

그보다는 그런 질문을 했을 때 상대방이 어떤 반응을 보이는지가 더 중요하다. 불쾌해하는가? 짜증을 내는가? 무시하는가? 왜 그걸 지금 얘기해야 하는지 이해할 수 없다는 반응인가? 화성 침공 계획을 세우자는 것도 아니고 현실에서 일어날 수 있는 일들을 체크해보고 대비해보자는 건데 이 단계에서부터 대화가 막힌다면… 결혼 서두를 필요 전혀 없습니다. "타임!"을 외치고 잠깐 뒤로 물러나 앉으시길!

여자가 자기 이야기를 시작한다면

연재를 마친 뒤 몇몇 인터뷰에서 "가장 애착이 가는 에피소드는 무엇인가?"란 질문을 받았다. 나는 주저 없이 20화 「말의 씨앗」을 꼽았다. 고용불안에 떨면서 일하는 여성들이 많으니 서로가 서로에게 미칠 수 있는 영향력을 인지하고 힘이 되어주자는 내용이다. 얼핏 만화의 소재와 동떨어진 것처럼 보일 수 있지만 사실은 굉장히 밀접하다.

직장 내 여성 차별을 말하려면 '결혼'이라는 키워드를 피해갈 수 없기 때문이다. 여자 직원이 미혼이면 '결혼하면 언제 그만둘지 모르니까' 기혼이면 '임신이라도 하면 육아휴직도 줘야 하고 골치 아프니까' 워킹맘이면 '애엄마는 생산성이 떨어지니까'라는 핑계로 승진 누락, 비정규직 전환, 저임금, 부당해고 등 각종 고용 차별을 합리화한다. 반면 남자는? 결혼 여부가 고용에 미치는 영향은 거의 없다.

나는 실제로 무능하고 부도덕한 남자 과장이 '가장이니까' 자리를 꿰차고 있느라 그보다 훨씬 뛰어난 여자 대리가 과장의 업무를 보조 아니 수습하는 모습을 목도했다. 나와 같은 날 입사한 남자 직원은 손님이 와도 자리에 앉아 폼 나게 일을 했지만 나는 벌떡 일어나서 커피를 타야 했다. (이 악습은 다행히 수년 뒤에 없어졌다.) 주말과 명절도 반납하고 열심히 일하던 여자 직원이 결혼을 한다고 하자 이제 전만큼 일을 못할 거라는 판단으로 교묘하게 압박을 줘서 결국 사표를 받아낸 회사도 있었다. 수년 간 직장생활을 하며 직접 보고 겪은 이런 일들은 두 손으로도 다 헤아릴 수 없을 만큼 많다.

대부분의 여자가 이런 기억 한둘쯤은 가지고 있을 것이다. 마치 '버스 성추행 공통 기억'과 같은 거다. 그게 뭐냐고? 여자들이 모인 자리에서 "버스에서 성추행 당해본 사람?" 물어보면 열에 여덟아홉이 손을 들고 버스에서부터 시작해 골목, 학교, 직장 등에서 겪은 오만 가지 경험담을 줄줄이, 앞다투어 읊는 현상에 내가 붙여본 이름이다.

"한 여자가 자기 삶에 대한 진실을 말하면 어떻게 될까? 아마 세상은 터져버릴 것이다." 미국의 시인 뮤리엘 루카이저의 말이다. 오랫동안 침묵했던 여성들은 이제 하나씩 둘씩 자기 이야기를 들려주기 시작했고, 서로 연대하기 시작했다. 차별에 맞서 용기 있게 싸우고 연대하는 많은 여성 — 우리 주변의 '차장님'들과 이제 막 눈을 뜬 '안유리'들을 위해 「말의 씨앗」 편을 그렸다.

이 에피소드만큼은 정말 많은 분들이 읽어주셨으면 하는 바람이다.

“한 여자가 자기 삶에 대한 진실을 말하면 어떻게 될까?
아마 세상은 터져버릴 것이다.”

- 미국의 시인, 뮤리엘 루카이저

3부

선택

21화

명절에 뭐 했어?

으아아~ 삭신!
힘들어! 열받아!
이제 끝나간다. 힘내!!
다들 고생했어.
복희, 힘들었지?
아, 그게… ㅋ

난 본의 아니게 일을 거의 못했어.
율이가 계속 나만 찾아서…
전도 남편이 다 부침 ㅋㅋ
싫어! 엄마랑 있을 거야!
아유, 엄마 일해야 하는데….
엄마가 먹여줘~
엄마~ 나랑 놀아~
놔두고 애 봐라.

효녀다, 효녀!
영특한 것ㅋㅋㅋㅋㅋ
평소에는 안 그러던 녀석이…
얘가 뭘 알고 이러나 싶을 정도였다니깐.
치이이이익~
엄마!
엄마!

하지만 부작용이 있었다는…….
혼자라 심심해서 그래.
둘이 있으면 저희끼리
알아서 잘 놀텐데.
그치, 율아?
엄마한테
"동생 낳아주세요" 해~
동생?
헉…
아냐, 쉿! 쉿!

유리 너는 꼼짝없이 일했겠다.
전 부쳤어?
부쳤지.
치이이이익~

뜨거울 때
먹어야 맛있어~
앙~♥
아니, 너는
일 안 하고 드러누워서
뭐 하는 거야?!
버럭!

엄마랑 교대로
잘하고 있거든?
아빠도 빨리
이쪽으로 와!!
아, 맞다. 너는 추석엔 친정으로 가지.
남편이랑 따로따로? 좋겠다~ 크흑!

완~ 전 좋아! 강력 추천!!
첨엔 우리 집에서 엄청 반대했는데
막상 해보니까 양쪽 다 좋아하셔.
솔직히 자식만 있는 게 편하잖아.
이때만큼은 어리광도 맘껏 부릴 수 있고~
아빠~♡
아~~앙
에잉,
징그럽게…
기다려봐,
큰 거 까줄게.
유리야~
떡볶이 해줄까?
뭐 먹고 싶니?

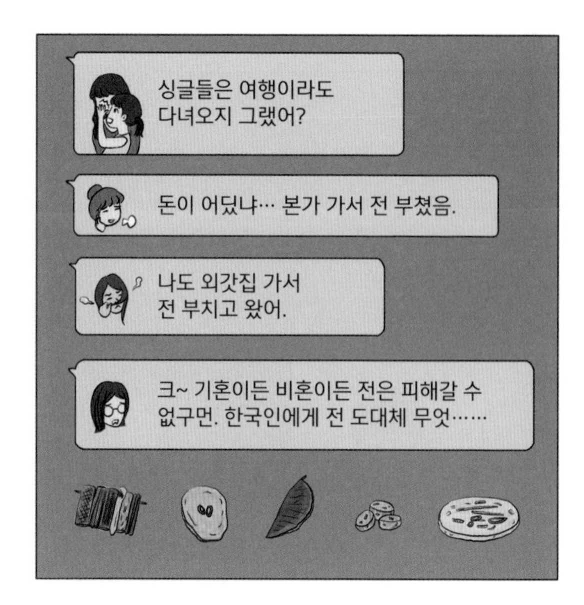
싱글들은 여행이라도
다녀오지 그랬어?
돈이 어딨냐… 본가 가서 전 부쳤음.
나도 외갓집 가서
전 부치고 왔어.
크~ 기혼이든 비혼이든 전은 피해갈 수
없구먼. 한국인에게 전 도대체 무엇……

간소화

먹을 게 궁하던 옛날에나 명절 음식
귀했지, 요즘 같은 세상에 우째
아직도 상다리 부러지게 차리는지…
배불배불
백 날 말해도 집에 가보면
수십 년째 변화가 없음……ㅜㅜ
맞아. 예법 따지느라
제철도 아닌 과일이랑 채소
엄청 비싸게 사고.
그리고 그 음식 다 누가 하냐고~

한 번 확 뒤집어 엎고 전쟁을 치르든가
아님 꾸준히 설득해서 바꿔가야지, 뭐.
"조상들도 똑같은 음식 지겹댄다,
우리 먹는 것도 맛 보여드리자"라고 해.
우리 집은 매년 조금씩 실속 있게 바꾸다가
이번엔 족발이랑 막걸리 사다 올렸음!!
오랜 투쟁의
결실!

나도 시댁에 건의해야겠다!
잘 될진 모르겠지만^^;
파이팅! 처음엔 반대해도
나중엔 어른들이 더 좋아하실걸.
참, 성재네는 어떻게 지낸대?
성재네?
차례, 제사 없대~~~
다행이지~ 히힛
음… 다시 물어봐… 자세히…

응? 차례는 없는데
전은 부쳐. 안 하면 허전하다고.
갈비찜이랑 잡채는 내가
좋아해서….
이번엔
송편도 집에서
빚…
왜, 왜,
왜 그래?

22화

부모님들

부모님들이랑 가볍게
식사 한 번씩 하기로 했어.
대면을 해봐야 예상문제니
시뮬레이션이니 제대로
될 것 같고.
지금은 그림이
잘 안 그려진달까?
뵌 적 있지 않아?
연애
초반에
길에서
잠깐.

동거하는 거
모르시지?
어. 양쪽 다
모르셔. 각자 가상의
룸메이트가 있지.
동거가
부끄러운 것도 아니고
주위 사람들한테는
굳이 안 숨기지만
부모님한테는
어째 입이 안
떨어지더라….

부모님 세대는 아직 동거에 대한 인식이 안 좋은 편이잖아. 특히 딸들한테는 더….
부모님들이야말로 동거의 필요성을 뼈저리게 아실 텐데 말야.
살 맞대고 살아보니 딴판이더라 맨날 이 소리 하면서
숨기는 게 계속 마음에 걸리는데… 지금이라도 떳떳하게 밝힐까?

저기요~ 동거 중인 거 아시면 시뮬레이션이고 뭐고 바로 날짜 잡으실지도 몰라요~
워워~
넣어둬. 일단 넣어둬.
꼬옥

약속 장소

그래,
어디서 만나기로?
아직 안 정했어.
주말에 사촌 형
결혼식이라는데
친척들도 있고
좀 그렇겠지?
후웅
고민이야

노노노~ 그런 데서
만나면 정신도 없고,
얼쩡거리다 보면
친척들한테 인사를 시켜줄 거 아냐?
그럼 '예비 며느리'니 '형수님'이니
이런 소리가 반드시 나온다니까?
분위기에 휩쓸리기
쉽다구
히익
가족행사는
절대 안 돼!!

집으로 가는 것도 안 좋아. 밥상 차리고 치울 때 넌 뭐 할 거야?
주방에 쑥 들어가기도 뭐하고 가만히 앉아 있기도 뭐하다? 혼자 엄청 똥 마려워지는 거야.
밖에서 먹고 헤어져. 가볍게 보려면 그게 딱 좋아.
똥…

사실 집에서의 모습이 진짜지만…ㅋ#
살살 해~ 일단 밖에서 먼저~
집으로 찾아봬야지~ 크~ 어머님 음식 솜씨 끝내주시는데 벌써 기대되네!
코코도 사진만 보다가 드디어 실물 보구~
주방에 들어갈지 말지? 성재는 우리 집 온다면서 그런 건 신경도 안 쓰던데…

그래? 그럼 그렇게 하자.
고기는 누가 구우려면 정신없고… 중국요리 좋겠네. 응, 그때 봐.

왜, 밖에서 먹재?
그러자네. 집으로 올 줄 알았는데….
안 보여
…….
…….

만세~!!!
나가면
속 편하지~
아유~ 저 누런 거
도배를 해야 하나
말아야 하나 골치
아팠는데.
후련~

그거나 계속 읽어봐.
요즘 젊은이들 앞에서
하면 안 되는 말 :
"내 나이 땐 더했어. 니들이
고생을 안 해봐서…"
우리는 그런
말 안 하지.
또?
나이가 어리다고
처음부터 반말을 하지 않는다.
연이한테도 존댓말 해야 하나?
에이~
그건
아니다~

한편 이쪽 집에선…

23화

첫인사(상)

정장을 입자니
면접 보는 것
같고….
깔끔한
블라우스
정도면
되려나?
모를 땐
검색~
남자친구 부모님 첫인사

첫인사 선물로 과일바구니 준비했어요
특별한 날이니까 고급 한우세트를
어머님 드릴 꽃은 필수고요
아버님은 와인이나 건강식품
떡이나 화과자가 무난해요~
남자친구 부모님 첫인사, 좋은 방법은?
히익~~
이게 다 뭐야?!
선물??????
크크

첫인사 때? 화과자였을걸?
남편은 우리 집에 한우랑 술 가져왔고.

아니 무슨 날도 아닌데 선물은 왜???

저희 결혼 허락해주세요~ 하고
가져가는 거 있으…
가볍게 꽃바구니 정도로 하든가.

꽃바구니 열라 무겁거든요?
이번엔 그냥 가도 되지 싶은데…
'허락해주세요~' 아니잖아.

그냥 밥만 먹는 거야.
오래 사귀었는데 아직
제대로 본 적 없어서
그냥~~
알았어~
이건?
별로

결혼 얘기는 꺼내지 마, 응?
그냥 어떤 친구인지 보고
요즘 사는 얘기나 가볍게~
아오, 좀!!!
거기서 바로 보자니까
왜 쫓아와서 잔소리야!!

우리 아들을
내가 어. 떻. 게!
키웠는데~
좋은 선 자리가
얼~~ 마나
많았는 줄 아니?
근데 이렇게
됐으니….
부모님은 노후 준비
잘해두셨겠지? 딸은
출가외인이니까….
너 생시 좀 적어다오.
우리 집안이 유서가
깊다 보니….
설마
이런 일은…
기출문제
트라우마

안녕하세요?
그래, 반갑다.
앉아, 앉아.
저 이건…
요 앞에서 파는데
색이 예뻐서….
어머~
예뻐라~

직장 이야기, 날씨 이야기를 마쳤는데도 아직 코스 요리의 반도 나오지 않았다. 무슨 맛인지도 모르고 먹고 있는데…
성재가 결혼 얘기는 절~ 대 꺼내지 말라고 하대? 근데 솔직히 아무 얘기도 안 하고 헤어질 순 없잖아?
흠흠
엄마!
아냐, 성재 씨.
네, 말씀하세요.

둘이 사귄 지 5년이 넘었지? 5년 만에 처음으로 우리를 보자고 했는데 결혼은 아니라고 거듭 강조하는 건…
오늘 네가 우리를 면접 보는 자리라고 생각하면 되니?

순간 머릿속이 하얘졌다. 내 안의 유교 소녀가
버선발로 달려나와 무릎을 꿇고 머리를 조아렸다.
아이고오~
어른들을 언짢게 하다니!
버릇이 너무 없었어!
면접이라니 가당치도 않다고
말씀드리고 죄송하다 해!!

그런데 아득한 저 밑에서부터, 약하지만 또렷한
어떤 목소리도 들려오고 있었다.
표현은 좀 그렇지만
사실이잖아. 대충
얼버무리지 말고
얘기할 건 해. 얼굴
붉히는 게 겁나서
우물쭈물해버리면
앞으로 계속 그렇게
될 거야.
꿀꺽
그, 그게….

문밖에도 초조한 1인

24화

첫인사(하)

엄만 갑자기 그게 무슨….
결혼 애기를 서두르지 말자고 한 건….

중요한 문제이니만큼 최대한 신중하고 싶어서요. 성재랑 저랑 오랫동안 아끼는 사이지만,
그래~ 그러니까 성재는 좋은데 가족은 어떤지 모르니까 이렇게 보고 나서 결정하겠다는 거잖니?
결혼을 할지 말지.

그게 아니……
네.
면접이라는 표현은 좀 그렇지만
그런 마음으로 나왔습니다. 결혼은
저희 둘만의 문제가 아니니까요.

난 이제 몰러!
벌러덩
하악
하악
말했다! 말해버렸다!
벌써부터 심장이 터질 것 같아

호호호호호호홋~
솔직해서 좋다, 얘~
우리가 지금
너 곤란하게
하려는 게
아냐~ 터놓고
편하게 얘기
하자는 거지.

어렵게 만났는데
물에 술 탄 듯, 술에 물 탄 듯
싱거운 말만 하고 헤어지면 되겠니?
우리가 지금 너한테
면접을 잘 보고 싶어서
이러는 거야,
면접관님~

우리도 고리타분하고
나쁜 시부모 되기 싫어.
성재 아빠랑 나, 되게 노력한다?
궁금한 게 있으면 뭐~ 든 물어보고
"이런 시부모는 싫다" "이러면 좋겠다"
편하게 얘기를 해주면 좋겠어.

갑작스러운 성재 어머니의 질문에 어떻게 답을
해야 할지 모르겠는데 문득, 예전에 다니던
회사에서의 일이 생각났다.
회의실
다들 모여봐, 응?
자자, 빨리빨리.

우리 부서에 활력이 넘쳐흐르는 팀장이 있었다.
그는 예고 없이 불쑥불쑥, 본인이 내킬 때
회의를 소집하곤 했다.
요즘 사무실
분위기가 안 좋은 것 같아.
이 자리에서 우리
허심탄회하게 말해볼까?
무슨 문제야, 응?
김 대리?
지현 씨?
막내?
갑자기 뭘 어떻게 말해….

없어, 아무도?
아, 왜 말들을
안 할까….
그럼 문제 없는 거지?
힘 좀 내자구, 응?
가서 일들 해요.
……
그가 정말 들으려고 했을까?
'나는 열려 있고 부하들의 말에 귀를 기울이는
멋진 상사'라는 전시에 자기만족은 아니었을까?

그보다는 내가 찾아가서 얘기를 청할 때
주의 깊게 들어주고 반응해주는 다른 팀장님이
더 믿음이 가고 좋았다. 파워풀 팀장에 비해
존재감은 약했지만….
듣고 보니 그렇네요.
이건 다음부터 반영할게요.
말해줘서 고마워요.

아, 만난 지
얼마나 됐다고.
갑자기 물어보면
당황하지~
어머, 그런가? 호호~
내가 성격이 급해서~
그래, 그럼
다른 얘기 할까?
캄 다운
내가
주책이네
그 옛날 회의 시간에 그랬듯 나는 결국 아무 말도
하지 못했다. 성재 어머니는 내 대답을 듣지
못하셨지만, 기분은 한껏 좋아 보이셨다.

휴~
자기 수고 많았어.
중간에 좀 조마조마했지만
그래도 무사히 잘 끝났지?
…….

25화

괜찮은 거야?

미묘하네….
이상한 애기를
하신 것도 아니고,
상냥하시고,
나름 합리적이려고
노력도 하시는데,

듣기만 해도
식도가 꽈악 막히는
느낌이….
이호호호호호호호호호호
그치….
뭔가 순탄할 것
같지 않은?

너희 집은
어땠어?
별일 없었어.
결혼 얘기는 전혀
안 했고 분위기도
좋았어.
아!
아빠만 좀… 성재가
프리랜서라는 게
불안했는지….
CHICKEN

직업이 안정적이진
않은 것 같네.
아빠,
요즘 안정적인
일이 어디 있어?
다 불안하지.
어, 그렇지, 그렇지.
…근데 일이 없을 땐
생활을 어떻게….
아빠!!!

야~ 별일 없었다는 건 네 생각이고~ㅋ 성재는 엄청 스트레스 받는 거 아냐?
“아버님이 나를 못 미더워 하셔!!”
에엥? 별말 없던데?

너도 성재한테 별말 안 했잖아. 똑같지.
이걸 어떻게 말하냐? 너희 엄마 성격이 나랑 안 맞는 것 같다고?
Do not buy dogs. Adopt
말하기 어렵지. 근데 그건 성재도 마찬가지라고.

근데 있지, 이 세상에는 정말
믿을 수 없을 만큼 이상한 부모들이
엄~ 청 많거든?
다행히 양쪽 다 그건 아닐 것
같다는 거잖아?
성격이
좀 다르다,
성향이 나랑
안 맞는다,
이 정도는
괜찮지 않아?

백 퍼센트 맞는 사람만 어떻게 만나.
"맘에 쏙 들진 않아. 하지만 잘 지내보자"
이게 현실 아닐까?
뭐… 365일
같이 살 건 아니니까?
서로 부딪칠 일을
최소화하고 적당히
거리를 유지할 수
있다면야.

루시 생각은 어때?
아무 말이 없네.
응? 내가
결혼에 대해
무슨 말을
하겠어~
난 빼줘
o not
y dogs
그냥 솔직하게 말해봐~

글쎄… 그러니까 다들 지금
성재 씨도, 성재 씨 부모님도
"그 정도면 괜찮다"라는
거잖아?
난 그걸 잘
모르겠어서…
'그 정도'는
어느 정도를
말하는 거지?
Do not
buy dogs.
Adopt

예를 들어
지중해에 가는 게 꿈이야.
근데 이런저런 이유 때문에 못 가.
그렇다고 동해로 가서는
"여기도 좋네~
이만하면 됐지~" 하는 게
난 도무지 안 되거든.
동해에 그럭저럭 만족하고
지중해를 지워버리는 사람이
되기는 싫어.
으잇차~

어떻게 생각하냐고?
글쎄, 한번쯤 물어보고 싶었어.
결혼,
정말 하고 싶어?
그냥 그 정도면
다 괜찮은 거야?
Do not
buy dogs.
Adopt

근데 저 예시는 좀…
일단 동해 가고 나중에
지중해도 가면 되잖아?
결혼에 대한 비유니까…
앗! 그렇구나!!
너는 동해도 가고
지중해도…
관두자.

26화

쉽지 않네

결혼,
정말 하고 싶어?
괜찮은 거야?
하고 싶냐고?

글쎄… '결혼'을 떠올릴 때
막 두근거리거나 행복하거나
그런 건 아냐.
술꾼도시처녀들
1~3권
광고문의
내리면 탑시다
나가는 곳
1~6
갈아타는 곳
1 2
B
적극적으로
'하고 싶다'는 아니지….

비혼
결혼
그렇지만 수직선을 그린다면
눈금이 약간 이쪽으로 와 있는 것 같긴 해.
출발은 저쪽 끝이었는데…
어쩌다 이렇게 된 거지?

어라?
여긴 또
어디고?
???????
지금 인천, 인천행 열차가
들어오고 있습니다

그만그만

참 나~
'그만하면 괜찮다'는 말이 뭐가 어때서? 백 퍼센트 괜찮고 백 퍼센트 완벽한 사람이 어디 있다고.
안 그래?

맨날 사랑~ 열정~ 자유~ 부르짖는데, 세상 사람들이 전부 루시 같진 않잖아?
그만그만하게 살면서 그만그만하게 행복한 사람도 있는 거지.
자기랑 나처럼 ♡

누가 뭐래도
인간은 사회적 동물이야.
같이 살면서 대화하고,
도움을 주고받고,
사소한 기쁨과 분노를
함께 나눠야 한다고.

결혼해서 그렇게
사는 게 뭐가 어때서
걔는….
끙차

캬악!
설거지하는 사람이
음식물 쓰레기도
치워야지! 내가
몇 번을 말해!?
못 살아 진짜!!

삶의 경험을
함께할 파트너가
있다는 건 중요하지.

근데 선택지가 결혼밖에
없냐는 거야, 내 말은.

지금처럼 동거하면서 살 수도 있고,

남자가 아니어도 나중에 뜻 맞는
친구들이랑 공동체를 이뤄서
살 수도 있잖아?

우리처럼 다자연애까지는
아니더라도 왜 스스로를
자꾸 묶어두려고
하는지….

결혼도 여러 결합 형태 중
하나일 뿐인데 사랑의 '결실'이나
'완성'인 양 너무 과대평가되어
있는 것 같아.
난 그 언니가
그런 분위기에 휩쓸려서 어영부영
결정하진 않았으면 좋겠어.
그래서 그랬던 거지, 뭐….

그건 그렇고
오늘 집에 올래?
와인 한 병
사놨는데~
아…
오늘 그 사람
만난다고 했지.
깜빡했네.
응, 즐겁게 보내.

???
!!!
……
…쉽지가 않네.

27화

하지 않아도(상)

결혼을 고민하는 지금, 이 얘기를 안 할 수가 없다.
드라마를 보다가 웃긴 장면이 나왔는데
- 가장 최근 잠자리를 한 게 언제죠?
- 3일…….
- 오, 나쁘지 않네요.

2개월 하고… 3일…….
Hahahahah
hehehehe~
뜨끔
힐끗
우리 둘은 크게 웃을 수가 없었다.

식구끼리 어떻게 하냐?
눈앞에서 벗고 다녀도
아무 감흥이 없어~
살 맞대고 살아봐,
애정, 욕정에서
앞 글자 빠지고
정만 남는 거야~
결혼한 선배들의 이런 말들, 참 듣기 싫었는데.

하암~
피곤하네.
나도.
얼른 자자.
동거한 지 3년이 넘어가는 지금,
우리는 "그냥 자자"라는 말을 재빨리 해버리고
살짝 안도하는 커플이 되어가고 있다.

그렇다고 우리가 권태기인 건 아니다. 여전히 서로를 사랑하고 믿고 알콩달콩 다정하다.
사랑해~

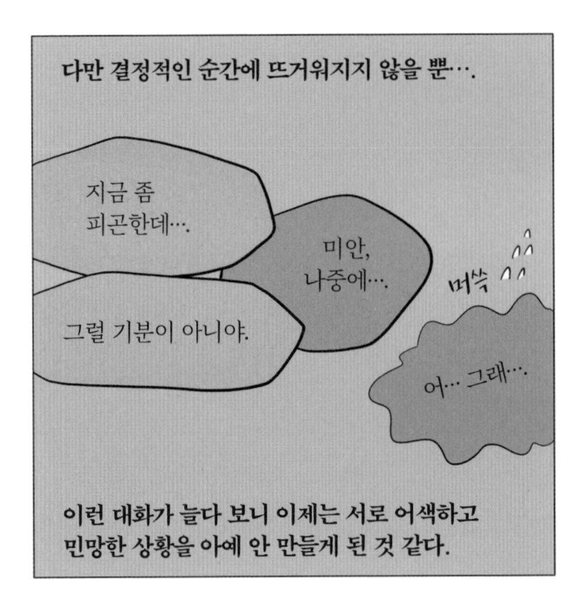
다만 결정적인 순간에 뜨거워지지 않을 뿐….
지금 좀 피곤한데….
미안, 나중에….
그럴 기분이 아니야.
머쓱
어… 그래….
이런 대화가 늘다 보니 이제는 서로 어색하고 민망한 상황을 아예 안 만들게 된 것 같다.

살다 보면 어쩔 수 없이
그렇게 되는 것 같아.
수면바지 입고 공과금 얘기
실컷 하다가 갑자기 분위기 잡기
뭐하잖아. ㅋㅋ
서로 피곤한 거 뻔히 아니까
눈치도 보고, 배려도 하고
그러다 그냥 자는 거지 뭐.
연애 초반 때처럼
맨날 뜨거우면 타 죽어~

나도 안다. 주구장창 뜨거울 순 없다는 사실을.
따뜻함이 더 오래가고 편안하다는 것도.
그럼에도 문득문득 불안해진다.
우리 이대로
괜찮을까?
지금도 이런데
나중엔 어떻게 될까?
말로만 듣던
섹스리스??

좋았어~ 이번 주말에는
모처럼 분위기 좀 잡아볼까?
밖에서 한잔하고 오는 게 낫겠지?
연~

우리 토요일에
별일 없지?
뭐…
아직 없지.
왜?

엄마가 '김장데이'라고
전화하셨네. 김장 김치에
수육 해 먹자고 너랑 같이
집으로 오라는데?
형도 불렀대.
헉! 김장?!

다 하셨대~ 우린 가서
먹기만 하면 돼. 이참에 우리 집도
한번 보고… 어때?
음…
그럴까, 그럼?
저번에 얘기도
많이 못했으니까…
돌아오는 길에
바에서 한잔하고~

근데
'김장데이'라니…
김장 때마다 집에
갔었나?
아니?
올해 신설인 듯?
음…….

28화

하지 않아도(중)

항정살이라
야들야들하고 맛있네.
연이 많이 먹어라~
네~
김치도 정말
맛있어요.
입에 맞니? 다행이다~

이렇게 전부
준비하셨는데
설거지는 내가
해야겠지?
아냐, 난
손님이야.
손님은 설거지
안 하잖아?
진짜
똥 마렵네;

오냐~
설거지는 성욱이가 해!
잘 먹었습니다~
오케이
그냥 있어
아….
앉아서 쉬어~
성재 어릴 때 사진 볼래?

저 주세요, 과일은
제가 깎을게요.
암~
이 정도는
해야지~
아오~
그 잠깐을
못 참아서
결국!
호호~
그럼 그럴래?

역할

포즈가 전부 왜 이래?
뻣뻣
이땐 이렇게 찍는 게 트렌드였어ㅋ
ㅋㅋㅋ
아들 둘이 아빠 닮아서 무뚝뚝해. 시커먼 남자 셋이랑 사느라 내가, 어휴….
ALBUM

오늘도 봐라! 깨~ 끗하게 도배도 새로 하고 식탁보도 바꿨는데 알아주는 사람이 하나도 없어!
앗! 도배했네?
난 알아봤어. 했구나, 했지.
저렇다니까~ 예쁘다고 해주면 좀 좋아!?

근데 이렇게 연이가 집에 와 있으니
얼~ 마나 밝고 화사한지 몰라~
없던 딸이 다 생긴 것 같고~
호호호호홋

근데~ 머리는 계속 짧게 할 거야?
길면 예쁠 것 같은데.
드레스엔 이렇게 뒤로 넘겨야 예쁘
엄마!!

오늘 맛있게
잘 먹었습니다.
안녕히
계세요~
갈게요.
엄마 김장하느라
고생했어.

고생은 뭐~
이제 내년부터는 한결 낫겠지.
그치, 연아?
잘 가요~
어여
가~

수고했어. 피곤하지?
그래도 예정대로
바에 가서 한잔!
34
안 될 것 같아,
아무래도.
그래? 하긴
김치통도 있고…
집으로 그냥….
결혼 말야.

……그럼 더더욱 술 한잔 하고 싶진 않고?
맑은 정신으로 얘기 나누는 게 좋겠어. 집으로 가자.

29화

하지 않아도(하)

엄마 상대하기가
만만찮지? 악의는 없는데
워낙 성격이 급하고
직설적이라서….
그건 우리
부모님도 그래.
다만 어머님은
며느리에 대한 기대가
크신 것 같네….

사근사근 웃으면서 집안 분위기를
환하게 하고 집안일도 잘하는 며느리.
또 같이 영화도 보고 여행도 가는
딸 같은 며느리….
너무 그러면 우리가
커트 해야지.
커트 못했잖아.
아까 영화 얘기
하셨을 때 너 그냥
가만히 있었잖아.

지금 당장 가자는 게 아니라
'다음에 한번' 가자고 하시는데
거기다 대고 정색을 할 순 없잖아.
웃으면서라도
말해야지. 기대를
낮춰야지. 우리 이거
시뮬레이션한 거잖아.

솔직히 말하면… 그 정도는
괜찮지 않나 생각했어. 엄마랑 너랑
친해지는 과정이고…….
지끈
넌 근본적으로
이해를 못하고 있어.
어머님이랑 나랑 자주
본다고 해서 수평적으로
친해질 수 있는 관계라고
생각해?

…….

있지, 우리 언제
마지막으로 했는지
기억하니?
뭐? 그 얘기가
왜 지금 갑자기….

내가 여자로 보이긴 해?
으~
당연하지, 무슨 소리를 하는 거야!
좀 뜸했던 건 네가 계속 피곤하다고….

맞아. 그랬네.
우리가 여자 남자로 살기만도 이렇게 피곤하다, 그치?
그래서 말인데, 나….
어머님이 바라는 며느리 역할, 딸 역할까진 못할 것 같아.
너한테도 '듣든한 사위' 역할 요구하기 싫고.
우리 그냥 이대로
둘이 잘 지내자, 응?

성재는 아무 말이 없었다. 우리는 일단 누웠지만
둘 다 잠을 이루지 못하고 밤새 뒤척였다.

새벽이 되어서야 까무룩 잠이 드는가 싶더니
이른 아침, 기척이 느껴져서 일어났다.
끙…
밖에 나갔다 왔어?
응. 몇 바퀴 뛰었어.
커피 사 왔는데 지금 마실래?

…결혼하면 더 안정적이 되고
행복할 거라 생각했어.

하지 않아도 행복하다면,
아니, 하지 않아야 행복하다면
할 이유가 없지. 이제 완전히
납득했어.
좀 오래
걸렸지만ㅎ

결혼하지 말자.

사랑하는 데 써야 할 힘을
다른 일에 소모하지 말고,
행복할 게 분명한 일들에
집중하자.
뭐 이를테면…

30화

각자의 길

다 왔네.
출발하자.
복희는?
못 온대.
율이 봐야
한다고.
아이고~ 이 좋은 날
집에서 애만 보고
우리 불쌍한 복희 씨~
그 뒤로 성재랑은 어때?
잘 지내.

지금까지 대화가
너무 잘 통하는 사이라고
생각했는데…
결혼 이슈 겪으면서
많이 다르다는 걸
통감했네.
하하~
나도
겪어봐서
알지
가부장제국에서
아들로 자랐으니…
우리랑 다를 수밖에.
그래도 이번에
느낀 바가 많았나 봐.
결혼은 안 하기로 했지만
관련된 얘기는 계속 나누기로 했어.
책도 같이 읽을 거고.
나름 얻은 게 있네 ㅎㅎ
오~ 그건 아주 좋다~

최근에 또 고독사
기사가 떠서 읽어봤는데
변화가 확실히 느껴지더라.

1~2년 전만 해도
고독사 기사에 달린 댓글들 보면

헉!!!
나도 이렇게
될까 봐 두렵다.

ㄷㄷㄷ
ㄷㄷ

…이래서 가족은
꼭 있어야 해…

…이런 분위기였거든?

근데 이젠 댓글 반응이
엄청 담담하더라구.

죄다 이런 내용!

명복을 빌고
안타까운 일이지만…
어차피 죽을 때는
누구나 다 혼자입니다.

맞는 말이네.
비혼, 비출산이 늘어나는 건
이제 거스를 수 없는 흐름이잖아.
사람들도 점점 받아들이고
있는 거지.

사실… 이런 상황에서
결혼을 안 하기로 한 건
오히려 쉬운 결정이었던 것 같아.
하는 게 더 큰 용기가 필요하달까?
ㅇㅇ 결혼이 필수고 당연하던 시절엔
비혼이 어려운 결정이었지만,
이젠 그게 아니니까~

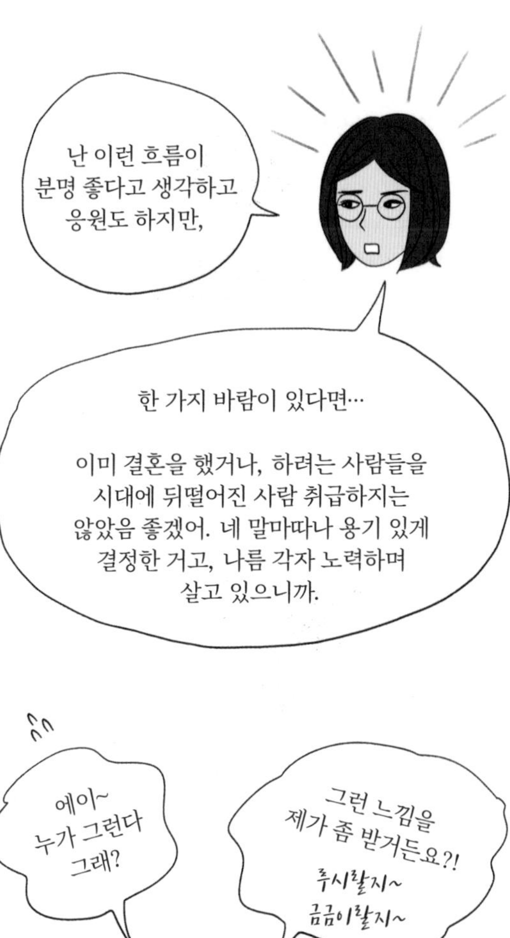
난 이런 흐름이 분명 좋다고 생각하고 응원도 하지만,
한 가지 바람이 있다면…
이미 결혼을 했거나, 하려는 사람들을 시대에 뒤떨어진 사람 취급하지는 않았음 좋겠어. 네 말마따나 용기 있게 결정한 거고, 나름 각자 노력하며 살고 있으니까.

에이~ 누가 그런다 그래?
그런 느낌을 제가 좀 받거든요?!
추시랄지~
금금이랄지~
너도 맨날 나 이혼한 거 놀리잖아~
그런 거 아냐, 진짜루~

그렇게
느꼈구나….
!!!
아… 그러고 보니
나 아까 '불쌍한 복희 씨'라고
했지.
복희는… 율이 키우는 게 힘들긴 하지만
믿을 수 없을 만큼 행복하다고 했어.
엄마가 아닌 나는 절대로 알 수 없는
수많은 감정을 느끼며 살고 있겠지.
그런데 오늘 모임에
나오지 못했다고 해서
농담으로라도 내가 그 친구를
"불쌍하다"라고 할 수 있을까?

우뚝

복희에게는
복희만 아는
행복이 있다.
내가 잘 모르는.

루시는 결혼생활에서 안정을 찾는
유리가 답답해 보이겠지. 하지만
유리는 유리의 행복이 있어.
또 유리는 루시가 사는 방식을 이해 못 하지만
루시는 루시만 아는 행복이 있을 거야.
금금이도 나도 마찬가지.

행복의 지점이
나랑 다르다고 해서
"그건 아니야"라거나
"안됐다"라고 말할 수는
없는 거야.

뭐라고 혼자
중얼거리는 거야?

???

결혼을 하든 안 하든 했었든
제도 자체를 거부하든…

각자 자기 선택을 믿고,
자기 행복을 향해 걸어가는 수밖에 없다.

결혼이라는 커다란 문제를
함께 고민하고 풀어볼 순 있지만
정답도 없고 오답도 없어.

그러니 "넌 이상해, 넌 틀렸어"라는 말,
우리는 하지 말자.

그냥 서로에게 묵묵히
힘이 되어주자.

…라는 말을 지금
갑자기
진지하게 하면 좀 그렇지?

김밥 먹고 가자고!
엑? 벌써?!?!
복희 보고 싶다. 언제 보냐….
그러게…. 아! 우리가 가면 되잖아! 다 같이 반차 쓰고 복희네 회사 앞으로 가는 거야! 서프라이즈!
오~ 좋다 좋다~ 점심이 낮술 되고~
낮술이 밤술 되고~

어린이집 어디야? 한 명은 가서 율이 데려오고~
ㅋㅋㅋ
캬~ 당장 날 잡자!

연재 후기 – 쇼펜하우어, '고슴도치의 딜레마'

안녕하세요, 미깡입니다.

이 작품은 쇼펜하우어의 우화 '고슴도치의 딜레마'에서 착안하여 구상하게 되었습니다.

매섭게 추운 겨울날, 고슴도치들이 온기를 찾아 모여듭니다. 무리를 이루자 바늘이 서로를 찌르게 되죠. 깜짝 놀라 흩어졌다가 추우니까 다시 모여들고, 그럼 또 서로를 찌르고… 물러서고… 똑같은 상황이 계속 반복됩니다. 따뜻하자니 아프고, 아픔을 피하자니 춥고 위험한 상황 — 바로 고슴도치의 딜레마입니다.

그런데 우리 인간도 그렇잖아요. 너무 가까우면 서로에게 상처를 주기 쉽고, 그렇다고 멀리 떨어지면 춥고 외롭지요. 가장 좋은 방법은 '적정 거리를 유지한다'는 건데, 이게 참 쉽지가 않아요. 어떤 사람은 10센티의 간격도 아쉽고 서운한데 어떤 사람은 상대가 100센티 너머에 있어도 숨이 막히죠.

그나마 타인끼리는 '예의'라는 사회적 합의로 최소한의 거리를 유지하려 노력하지만 가족은 어떤가요? 거리가 너무 좁고, 거리를 아예 인정하지 않기도 합니다.

고슴도치의 우화를 접하고 나서 이 '적정 거리 설정'이 인간관계의 핵심이란 생각이 들었고 그렇다면 결혼이라는, 인간관계가 한층 복잡다단해지는 사건에 앞서 한번쯤 이 문제를 생각해보자는 취지로 작품을 쓰게 됐습니다.

연과 성재 어머니는 각자 원하는 거리감이 너무 달랐던 거지요.

결혼하지 않기로 결론이 났다고 해서 '비혼이 정답!' '비혼 만세!'를 외치는 건 아닙니다. 무리에 들어가서 적정 거리를 잘 확보하고 유지하는 행복한 고슴도치도 분명 많이 있죠. 세상에는 여러 타입의 고슴도치가 있고, 무리를 짓지 않기로 한 고슴도치도 있다는 이야기일 뿐입니다.

무리에 있든 아니든 간에, '고민하는' 모든 고슴도치들을 응원하는 마음으로 그렸습니다만… 아쉽고 부족한 점도 많았으리라 생각합니다. 그럼에도 너그럽게 보아주셔서 감사할 뿐입니다. 계속 나아지는 모습 보여드리는 것으로 독자님들의 성원에 보답할게요.

넌 추석? 난 설날!

수년 전 미국 드라마에서 본 장면이다. 두 가족이 모여 화기애애하게 저녁 식사를 하고 있다. 젊은 커플이 서로 눈빛을 교환하더니 자리에서 일어나 "엄마 아빠, 우리 결혼해요!" 외친다. 부모들은 벌떡 일어나 서로 포옹하고 키스하고 야단법석 기뻐한다. 여기까지는 뭐 흔하디흔한 장면. 그런데 두 엄마가 포옹을 풀자마자 갑자기 표정을 싹 바꾸면서 "추수감사절!" "크리스마스!" "새해는 안 돼!" 이렇게 외치며 으르렁거리는 거다. 앞으로 자녀들이 추수감사절, 크리스마스 같은 명절에 두 집 중 어디로 갈지를 정하는 거였다. 깜짝 놀랐다. 한 군데만 가도 되는 거야? 땅덩이가 넓으니까 애초에 그럴 수밖에 없나? 우리도 설과 추석을 두 집안이 하나씩 나눠 가지면 좋겠네, 생각했다.

말 그대로 멀고 먼 남의 나라 이야기 같았는데, 슬슬 명절 문화를 새로 쓰는 사람들의 이야기가 심심찮게 들려온다. 연휴 내내 여행을 떠나버리는 일은 이제 새로운 뉴스도 아니며, 무조건 남자 집부터 가는 관습을 버리고 동선과 일정을 합리적으로 짜기도 한다. 가족이 모이긴 모이되 음식은 하지 않고 전부 시켜 먹거나 외식을 하는 집도 많다. 더 과감하게는 앞의 미드에서처럼 설과 추석을 나눠서 한 집씩 가는 사람들도 생기고 있다고. 나는 일 년에 한 번은 각자 자기 본가로 가서 명절을 쇠는 방식이 가장 좋을 것 같다. 부모님도 사위, 며느리는 백 퍼센트 편할 수 없고 많든 적든 신경을 쓰시지 않나. 자식만 오면 훨씬 편하실 거다. 모처럼 결혼 전의 모습으로 돌아가 다 같이 뒹굴뒹굴 옛 추억도 되살려보고 말이다.

물론 지극히 이상적인 이야기들이다. 변화의 바람이 불고 있다지만 아직은 미풍 수준이고, 죽었다 깨어나도 차례를 지내거나 친척집을 방문해야만 하는 가정도 여전히 많을 것이다. 음식을 꼭 해야만 한다면 뭐, 해야겠지. 문제는 그 어마어마한 양의 노동을 여자들이, 며느리들이 도맡아 한다는 것 아니겠는가. 여자들의 명절증후군은 단순히 근육통만의 문제가 아니다. 부엌에 들어앉아 음식을 만들고 차리고 치우는 일만 반복하면서 한 인격체가 '일꾼 2'로만 기능하고 정작 가족으로부터 소외되어 버리는 게 가장 큰 문제다. 명절 노동을 정 없앨 수 없다면 차선책은 남자도 여자와 함께 똑같이 일하는 것뿐이다. 가만히 앉아 차려주는 밥 먹기만 할 게 아니라! 조금 거드는 시늉만 할 게 아니라!

쓰고 보니 참… 가족 행사에 가족 모두가 참여해 함께 일하자는 당연한 소리를 아직까지도 해야 한다는 게 씁쓸하기 짝이 없다.

두 시어머니 이야기

2017년 한국을 강타했던 화제의 만화 『며느라기』. 나 역시 며느리 역을 수행하는 한 여자로서 이런저런 통렬한 감정을 많이 느꼈고, 작가의 입장에서도 작품 구상에 많은 영향을 받았다. 주인공 사린이가 결혼을 하고 나서야 깨달았던 것들을 조금 더 일찍, 결혼 전에 알았더라면 어땠을까 하는 마음을 『하면 좋습니까?』에 담았다고도 볼 수 있다.

『며느라기』에 등장하는 모든 인물들이 마치 한 다리 건너 알던 사람인 양 생생하고 현실감이 넘치는데, 특히 시어머니 캐릭터가 참으로 절묘하다. 막장 드라마 속 시어머니처럼 그악스럽고 지독한 사람은 아니다. 하지만 "괜찮지?" 하면서 며느리에게는 식은 밥과 다른 가족이 먹고 남긴 과일을 건넨다. 사위가 출장을 가면 보양식 챙겨줄 생각을 하지만, 며느리가 출장을 간다고 하자 아들이 '밥도 못 얻어 먹'겠다며 출장을 만류한다. 기타 등등 시어머니가 나오는 장면마다 울화가 치미는데, 이 작품은 시어머니를 고발하고 한바탕 욕하는 데 그치지 않는다. 백미는 따로 있다. 사린이의 숨통을 막는 건 표면적으로는 시어머니지만, 그녀 또한 가부장제의 한낱 힘없는 하수인에 불과하다는 사실이 언뜻언뜻 드러나는 장면이 바로 그것이다.

여하간 이 『며느라기』가 현실 시어머니 캐릭터를 너무 잘 다뤘기 때문에 『하면 좋습니까?』에는 어떤 시어머니가 등장하면 좋을지 고민이 많다가, 상반되는 타입에 생각이 미쳤다. 자신이 열려 있고 깨어 있고 쿨하다고 생각하는 사람! 그러나 자기 자신을 그렇게 평가하고 제 입으로 말하는 사람치고 정말 그런 경우는 드물다. "뭐든지 말해봐"라는 말 안쪽에는 '내가 듣고 싶은 말만'이라는 으름장이 숨어 있기 십상이다. "난 솔직하고 뒤끝 없어"라는 말은 앞으로 독설을 마음껏 퍼붓겠다는 선언이고 말이다. 처음에는 이런 타입의 사람이 시원시원하고 좋아 보일 수도 있다. 하지만 연은 직장에서 비슷한 경험을 했었기 때문에 다행히 '싸함 경보'가 울렸을 때 그걸 무시하지 않을 수 있었다.

불현듯 지금 이 글을 읽고 계신 '예비 며느리' 분들께 한 말씀. 세상에는 이런 시어머니들만 있는 건 아니에요. 훌륭한 분들도 많습니다. 하지만 아무리 좋은 분이어도 나와 동등한 위치일 수 없고 위계가 생기는 것은 분명해요. 중요한 건 첫 단추를 잘 끼우는 겁니다. '이건 아닌데…' 싶은 일에도 "맞아요,

어머님" 하고 무조건 받아들여서는 안 됩니다. 자를 건 자르고, 거절할 건 거절하세요. 그러면 미움받는다고요? 미움받으세요! 구체적으로 어떻게 해야 할지 잘 모르겠다면 『며느라기』의 김서형 씨(사린의 큰형님)처럼 하면 됩니다. 물론 엄청난 용기가 필요한 일이고 저 같은 쫄보는 생각만 해도 식은땀이 나지만, 부디 '첫 단추 효과'를 잊지 마세요. 자기 자신을 지키기 위해 노력하세요. 예비 시부모님께 사랑받는 연습? 노노~ 미움받을 연습, 시~ 작!

여자의 적은 여자가 아니다

"여자의 적은 여자다"라는 말을 처음 뱉은 사람은 누굴까. 살아 있다면 지구 끝까지라도 쫓아가서 따지고 싶다. 이 프레임이 얼마나 일상 곳곳에서 해롭게 작용하고 있으며 얼마나 악의적으로 여자들을 이간질해왔는지 말이다. 특정한 상황이나 조직 안에서 동성 간의 적절한 견제는 자연스러운 일이다. 그런데 왜 남자들끼리의 견제는 본능이고 미덕이고 건강한 경쟁의식인데 여자들의 그것은 한낱 이기심과 질투와 콤플렉스 문제로 후려치느냐 말이다.

사실 지구 끝까지 쫓아가고 싶어도 그럴 수가 없다. 똑같은 문장은 아니더라도 이런 식의 관용어는 아주 오래전부터 곳곳에 그 흔적을 남겨왔다. 여기에는 생물학적, 역사적, 사회학적 분석이 다양한 모양인데, 내가 가장 공감하는 분석은 이거다. 남자들은 역사 속에서 늘 크고 중요한 일을 맡았고 여자들은 상대적으로 덜 중요한 일, 허드렛일을 맡았다. 남자도 여자도 자기들끼리 견제하고 경쟁하지만, 남자들이 볼 때 여자들이 부딪치는 이유는 너무 사소해보였을 것이다.

"뭐야, 고작 빵 한 덩이 때문에 이러고 있단 말야?" 맞다. 여자들 집단에 주어지는 파이가 워낙 적다 보니 작은 이익에도 날을 세울 수밖에 없었을 것이다. "남자에게 잘 보이려고 서로를 깎아내리잖아?" 뼈아프지만 이것도 맞다. 사회적 지위가 낮은 여성이 생존을 위해 남자들의 '선택'을 필요로 했던 시대가 분명 있었으니 말이다. 이는 노예나 하인이 주인, 권력자에 맞서 싸우는 게 아니라 같은 처지의 동료들과 빵과 일자리를 놓고 싸우는 것과 같은 이치다. 본성의 문제라기보다는 기울어진 사회가 만들어낸 현상이라는 분석에 나는 손을 번쩍 들어본다.

그런 역사가 있든 말든 '여자는 근본적으로 속이 좁고 질투가 많다'는 식으로 온갖 상황에 이 '여적여' 프레임을 덧씌우는 건 문제가 있다. 사실 '고부 갈등'이라는 말도 그렇다. 이게 가부장제의 문제지 어째서 시어머니와 며느리 두 여자의 문제인가? 시아버지는 대체 어디에 있는가? 집안의 '가장'으로서 가장 큰 권력을 쥐고 있으면서 갈등 상황에서는 아내 뒤에 비겁하게 숨어 있다. 뒤로 쏙 빠져 앉아서 가끔 하나마나한 옳은 말만 하고, 민감한 얘기는 '고부'끼리 하게 한다. 만약 감정싸움으로 번지기라도 하면 "하여간 여자들이란" 하고 혀를 차겠지.

성재가 그랬다. 연이 자기 어머니로 인해 곤란해할 때, 아버지처럼 방관하고만 있었다. 적극적으로 문제를 해결하려 들지 않았다. 그래서 나는 이 결혼이 틀어졌을 때 성재 어머니를 욕하기보다 성재의 잘못, 그리고 위계적일 수밖에 없는 결혼 제도 자체를 지적하는 독자들의 반응이 반가웠다. '고부 갈등'이라는 단어는 이미 구시대의 유물이 되어가고 있다. 며느리의 적은 시어머니가 아니다. 여자의 적은 여자가 아니다. 여자를 자꾸 가둬두려고 하는 세상의 온갖 프레임들이 바로 여자의 적이다.

쉽지 않아도 뚜벅뚜벅

연과 성재가 부모님들을 만난 직후 인상적인 댓글이 올라왔다. "기혼자로서 이 만화는 가벼운 거리로 느껴지지 않고 비혼 여성의 앞으로의 인생을 건 서스펜스 액션 활극처럼 느껴져 손에 땀을 쥐게 되네요." 너무도 탁월하고 유쾌한 표현이어서 나를 포함하여 많은 독자들이 물개박수를 쳐드렸다. 이 댓글을 축으로 만화의 장르가 일상/드라마에서 일순 액션/서스펜스로 바뀐 것이다! 식도가 꽉 막히는 듯했던 첫인사 에피소드에만 해당하는 말은 아닌 듯싶다. 친구들의 삶 하나하나를 들여다보면 태평성대를 살고 있는 이는 아무도 없고 전부 아슬아슬 활극을 찍고 있다.

금금이는 가부장적인 남자와 이혼하고 해방감과 자유를 만끽하며 즐겁게 살지만 집에 늘 혼자라는 불안, 미래에 대한 불안을 안고 있다. 결혼하면 알콩달콩 얼마나 행복한지 모른다며 극중 유일하게 결혼을 칭송하던 유리는 설거지 뒤처리 하나 제대로 못하는 남편 앞에서 울분을 토해낸다. 외로움을 불사하면서도 사랑에 관한 가치관을 고수하던 루시는 드디어 뜻이 맞는 파트너를 찾았다. 하지만 폴리아모리에게 필연적으로 따라붙는 질투와 외로움을 또 다시 감수해야만 한다. 워킹맘 복희는 아이가 있어 너무나도 행복하지만, 일하랴 애 키우랴 살림하랴 시댁에 오가랴 정신없이 바빠서 끝끝내 친구들 모임에 얼굴을 내밀지 못한다.

이야기는 막바지에 이르렀고 이제 연의 선택만이 남았다. 친구들이 이런저런 조언을 해주지만 결국 정답도 없고 완벽한 선택도 없다는 것을 우리 모두가 알고 있다. 그저 연이 분위기에 휩쓸려 어어어어, 하다가 어영부영 결정해버리지 않기만을 바랄 뿐이다. 친구들을 통해 봤듯이, 어떤 길을 가든 쉽지 않다. 돌부리 하나 없는 탄탄대로, 영원한 꽃길 같은 건 없다. 그저 최소한 자기가 주체적으로 선택한 길을 가야 하지 않겠는가 말이다.

전철역에서 연이는 인파에 떠밀려 엉뚱한 승강장에 도착했지만 다행히 모르는 열차를 타기 직전에 정신을 차렸다. 이제는 길 하나를 택해서 뚜벅뚜벅 걸어갈 차례다.

WWH 공식에서 H가 없다?

결혼을 본격적으로 생각하기 시작했다면 셀 수 없이 많은 고민이 따를 텐데, 뭐든지 셋으로 요약하길 좋아하는 민족답게 3요소를 구성해보고 싶었다.

첫 번째는 Who. 그 사람이 결혼을 고민할 만한 가치가 있는지 아닌지 냉정하게 뜯어봐라. 두 번째는 Why. 결혼을 '왜' 하고 싶은가? 하고 싶은 이유가 명확히 있는가? 여기까지 통과하면 세 번째는 How, 어떻게 살 것인가의 문제가 남는다. 좋아, 결혼한다고 치자. 날짜 잡고 집 구해서 웨딩마치 울리면 고민 끝? 그럴 리가! 어떻게 하면 결혼생활을 망치지 않고 살아갈지, 머리 쥐어뜯고 고민할 게 한두 가지가 아니다. 성격은 물론 살아온 환경과 방식이 다른 두 사람이 '생활'을 함께한다는 건 결코 만만한 일이 아니다. 수십 년을 붙어 살고 DNA까지 통하는 가족조차도 내 마음 같지 않아 수시로 복장이 터지는데 말이다. 서로 다른 두 개체가 생활 공동체를 이뤘을 때 흔히 발생하는 문제들은 무엇인지, 그리고 그 문제를 해결할 '실천적인' 방법은 무엇인지, How라는 키워드를 통해 이야기해보고 싶었다.

치사할 정도로 사소하지만 그만큼 흔한 예를 하나 들어보

자. A는 치약을 밑에서부터 짜고, B는 치약을 중간부터 짠다. 둘은 서로의 방식을 이해하지 못한다. A는 B에게 어차피 할 숙제를 왜 미루느냐고 화를 내고 B는 나중에 한번에 해도 되는데 왜 그러냐고 A를 답답해한다. 내 처방은 이렇다. 치약을 두 개 놓고 각자 써라. 알뜰하게 다 쓰기만 하면 되는 것 아니겠는가. 샴푸 취향이 다르다? 본인이 좋아하는 걸로 사 와서 따로 써라. 오늘 난 영화를 보고 싶은데 배우자는 자고 싶다고 한다. 혼자 재미있게 보고 들어와라.

요는, 부부가 됐다고 해서 하나부터 열까지 모든 걸 공유하고 완전히 붙어 있을 필요는 없다는 거다. 느슨함이 필요하다. 거리가 필요하다. 그렇지 않으면 숨이 막힌다는 식의 이야기였다. 그러니 How는 결혼 전에 함께 고민할 문제이자 실질적이고, 장기적으로는 결혼 뒤의 이야기라고도 할 수 있다.

그런데 결국, 아니, 그래서 결국 How는 다루지 못했다. 초기 기획 단계에서는 결혼을 시키려고 했던 연과 성재가 결혼하지 않는 것으로 결말이 났기 때문이다. 연이는 결국 Why 단계를 넘어서지 못했다. 고민하면 할수록 결혼을 해야 할 이유보다는 하지 않는 게 낫다는 결론으로 흘러들었다.

연재를 마칠 즈음엔 'WWH 공식'이라고 대단한 뭐라도 있는 듯 한껏 강조해놓고는 결국 H를 다루지 못해서 마음 한켠이 찌뿌듯했다. 마지막까지 보고 나서 '엥? 그때 그 공식인지 뭔지에서 H는 결국 안 나왔잖아?'라고 알아챈 분이 과연 있을까 문득 궁금해진다. 독자님은 어떠셨나요?

미리미리 실망시키기

커플 간의 대화도 중요하지만 못지않게 부모님과의 대화도 중요하다. 연과 성재가 결혼 시뮬레이션을 해봤을 때 둘의 생각은 잘 맞았지만 부모님 영역에서는 확신이 없었다. 그런 상태로 상대방 부모님을 만날 게 아니라 'STOP' 버튼을 누르고 각자 자기 부모님과 대화하는 시간을 충분히 가졌다면, 어쩌면 결과는 달라졌을 수도 있다. 대다수 부모님들은 우리보다 가부장적이고 보수적이며 변화를 받아들이는 데 시간이 걸린다. 대화가 안 통한다고 해서 한두 번 화내고 짜증내봤자 부모님 생각이 바로 바뀌진 않는다. 변화를 꾀하려면 충분한 시간을 들여 꾸준히, 조곤조곤, 좋게 말하면 대화, 까놓고 말하면 물밑 작업을 해야 하지 않을까?

예컨대 성재는 스몰 웨딩에 대한 부모님의 이중 잣대를 목격했을 때 바로 대화를 시도했어야 했다. 저게 좋으면 우리도 하면 된다, 허례허식, 남의 눈이 뭐가 중요하냐고 말이다. 엄마가 '딸 같은 며느리' 운운할 때면 '며느리는 며느리지 딸이 아니니까 그런 기대는 하지 말라'고 선을 그었어야 했다. 선제공격도 좋다. 드라마를 같이 보면서 감상평을 가장해 하고 싶은 말을 슬쩍 하는 거다. "아~ 저건 아니지. 자식이 부모의 소유물도 아닌데"라든가 "저 엄마는 왜 자꾸 아들한테 누구 편이냐고 묻는 거야? 결혼하면 당연히 아내 편이지" 이런 식으로 말이다. 연이도 아빠가 성재의 경제력을 자꾸 문제 삼으면, 이제는 남자만 가장이고 집안 경제를 혼자 책임지는 시대가 아니다, 남녀가 경제 공동체를 함께 꾸리는 거라고 얘기를 해야 하는 거다. 결혼하면 부부의 일이니까 지나친 간섭은 금물이라는 말과 함께.

이런 대화가 편할 리 없고 사실 효과를 확신할 수도 없다. 가족이나 효에 대한 가치관이 하루가 다르게 바뀌고 있다 해도 부모님들은 기존 가치관을 고수하고 있으니 말이다. 지극정성으로 키운 자식, 결혼하면 두 내외가 살뜰하게 효도를 할 줄 알았는데 벌써부터 자꾸 거리를 두려는 모습을 보면 실망과 분노감, 충분히 느끼실 수 있다. 그렇더라도 한 번쯤 맞닥뜨릴 일이라면 미리미리 서로의 다름도 확인하고, 미리미리 실망도 좀 시키고 다투면서 최대한 의견을 조율해놓는 거다. 그리고 결혼 전에 이 과정을 '각자' 거치는 게 현명하다. 그래야 결혼 뒤에 어떤 이견이 생겼을 때 "며느리가 그러라고 하든?" "사위가 그러디?" 같은 소리를 듣지 않을 수 있다.

자기 부모님은 자기가 전담 마크할 것! 이 원칙만 잘 지켜도 부모님 커뮤니케이션의 반 이상은 성공이다.

가족은 소멸되지 않는다

아이와 관련된 각종 행정 서식을 보면 서명해야 할 부분에 '모' '부'라고 미리 적혀 있는 경우가 많다. 그때마다 손을 멈추고 물끄러미 보게 된다. 보호자가 할머니나 할아버지인 경우에는 두 줄을 긋고 할머니라고 고쳐 쓰는 걸까? 아빠만 있는 경우에는 위 칸을 비우고 아래 칸만 채우겠지? 다른 아이들과 달리 수정이 되어 있고, 빈칸이 눈에 띄는 종이를 아이 손에 들려 보내야 할 때 그 할머니와 아빠의 심정은 어떨까, 하고 말이다. 그런데 얼마 전(2019년 2월), 프랑스는 이 문제를 어느 정도 풀어냈다. 학생 관련 서식에서 '엄마' '아빠'라는 단어가 '부모 1' '부모 2'로 대체된 것이다. 사실 '보호자 1', '보호자 2'가 훨씬 좋았겠다는 생각은 들지만… 진일보한 것만은 분명하다.

혼인율과 출생률이 해마다 가파르게 떨어지면서 가족의 붕괴, 소멸을 걱정하는 목소리가 들려온다. 아마도 '가임기 여성 지도' 같은 거나 만들어내는 행정가들이겠지. 이들이 말하는 가족, '혼인한 성인 남녀와 그들의 자녀'가 대폭 줄고 있는 건 사실이다. 하지만 협소하기 짝이 없는 가족의 개념을 넓게 확장하면, 가족은 결코 붕괴되지도 소멸되지도 않는다.

1인 가족, 동거 가족, 딩크 가족, 한부모 가족, 동성 가족, 공동체 가족 모두 '정상 가족'으로 보면 말이다. 앞으로는 이혼과 재혼이 늘면서 이혼 부부가 자녀를 데리고 재혼해 구성되는 집합가정, 다부모 가정도 늘어날 전망이라고 한다. 그러니까 다른 관점에서 보면, 사람들은 결혼을 안 함으로써 가족을 소멸시키고 있는 게 아니라 가족의 형태, 가족의 양식을 새롭게 만들어내는 중이다.

'세계에서 가장 가난한 대통령'으로 알려진 호세 무히카 전 우루과이 대통령은 이런 말을 했다. "여러분, 꼭 가족을 가지세요. 단순히 피로 연결된 가족을 말하는 게 아닙니다. 제가 말하는 가족이란 '사고방식으로 연결된 가족'을 말합니다. 나처럼 생각하는 사람이 가족입니다. 인생길을 혼자 걷지 마세요." 이 말이 모든 걸 말해준다.

사람은 혼자서는 살 수 없다. 하지만 가족을 만들기 위해 원하지 않는 결혼과 출산을 할 필요는 없다. 나와 생각이 같은 사람들과 연대 공동체를 이루면 된다. 이미 사람들은 변화의 물결에 몸을 실었다. 누가 나서서 선동한 것도 아니고 자연스럽게 그리 되었다. 이제 복지와 정책이 얼마나 빨리 따라오

느냐가 관건이다. 다시 한번, 생활동반자법이 조속히 제정되기를! 유치원에서 날아오는 공문에 '부모님' 대신 '보호자'가 인쇄되는 날이 하루빨리 오기를! …아니지, 가만 기다릴 게 아니라 이건 바로 건의를 해봐야겠다!

적정 거리 75, 하면 좋습니까?

『술꾼도시처녀들』 연재가 끝나고 1년 남짓, 하루하루가 차기작 고민에 머리를 쥐어뜯는 나날이었다. 첫 번째보다 두 번째 작품 올리기가 더 힘들다더니 과연 그랬다. 첫 작품은 천둥벌거숭이처럼 겁도 없이 어찌저찌 해버렸는데, 두 번째는 그럴 수가 없었다. '이게 재미있을까? 의미가 있을까? 내가 잘 해낼 수 있을까? 독자들이 원할까?' 무수한 자기 검열 때문에 진도가 더뎠다. 수입이 없으니 작업실도 빼고 집에 온종일 들어앉아 한숨만 폭폭 쉬었다. 근데 남편도 집에서 일하는 프리랜서라서 온종일 같이 있어야 하는 거다. 그것도 비좁은 작업방에 나란히! 아무리 부부 사이가 좋아도 24시간 함께 한다는 건… 솔직히 괴로운 일이었다. (남편도 마찬가지였겠지만.) 나는 속으로 부르짖었다. 너무 가까워! 너무 다 보이고 너무 다 들려! 거리가 필요해!

인류학자 에드워드 홀의 '공간 근접학'에 따르면 인간은 위험으로부터 자신을 보호하고 타인의 방해로부터 프라이버시를 지키기 위해 일정한 거리를 원한다. 0~45센티미터가 '친밀한' 거리, 45~120센티미터가 '개인적' 거리, 120~360센티미터가 '사회적' 거리, 그 이상은 '공공' 거리. 나는 옆 책상에

앉아 있는 남편에게 팔을 뻗어봤다. 30센티미터밖에 안 됐다. 아무리 부부여도 이건 너무 가깝잖아! 최소 두 배는 되어야지! 가깝긴 가깝되 부딪치진 않고, 필요할 때 팔을 뻗으면 서로에게 닿는 정도의 거리. 이 75센티미터의 발견이 두 번째 작품의 시작이었다.

처음 생각한 제목은 '적정 거리 75'. 신혼부부가 주인공으로, 부부지간이라 해도 '거리 없음' '거리 침범'은 안 된다, 각자 고유한 자기 자신으로 살아야 한다는 게 핵심 메시지고, 일상에서 실천 가능한 '거리 확보하기 솔루션'을 제공하는 내용이었다. 그러다가 이 적정 거리의 문제가 가장 복잡하고 심란하게 얽혀 있는 게 '결혼'이라는 데 생각이 미쳐서 신혼부부가 아닌 동거 커플로 설정을 바꾸게 됐다. 그렇게 만들어진 게 지금까지 여러분이 보신 『하면 좋습니까?』다.

그러니까 이 작품은 결혼생활을 막 시작했거나 결혼을 고민하는 단계의 사람들이 적정 거리 설정이라는 첫 단추를 잘 끼우기를 바라는 마음으로 시작했다. 처음에 확 붙었다가 나중에서야 간격을 벌리는 건 난감하고 어려운 일이니 말이다. 연은 시어머니와의 거리 설정에서 120센티미터 정도를 원했는데 성재 어머니가 30센티미터 안으로 훅 들어와 버렸다. 결혼을 위해 어쩔 수 없이, 눈 딱 감고 30센티미터의 자장 안으로 빨려 들어가는 경우가 많지만, 연은 그러지 않기로 했다. 그게 이 작품에서 말하고자 하는 바다.

내가 원하는 적정 거리가 75인지 120인지 200인지 알고, 그걸 최대한 지키며 살자는 것. 친구의 선택이 30이라고 우습게 볼 것도, 다른 친구가 300이라고 손가락질할 것도 없다는 것. 독자들께 전달이 됐다면 다행이고 미흡했다면… 다음 작품에서는 더 잘해보겠습니다! 이제 이 마지막 에세이의 마침표를 찍고 나면 세 번째 작품은 뭘로 할지 또 머리를 쥐어뜯을 차례. 머리칼이 죄 뽑혀 나가는 일이 있더라도 열심히 고민해볼게요. 다시 만날 때까지 모두 건강하세요!

행복의 지점이 나랑 다르다고 해서
“그건 아니야”라고 말할 수는 없다.

결혼을 하든 안 하든 했었든 제도 자체를 거부하든…
각자 자기 선택을 믿고, 자기 행복을 향해 걸어가는 수밖에 없다.

결혼이라는 커다란 문제를 함께 고민하고 풀어볼 순 있지만
정답도 없고 오답도 없다.

그러니 “넌 이상해, 넌 틀렸어”라는 말,
우리는 하지 말자.

그냥 서로에게 묵묵히 힘이 되어주자.

하면 좋습니까?

초판 1쇄 인쇄 2019년 5월 10일
초판 1쇄 발행 2019년 5월 20일

글·그림 미깡
펴낸이 연준혁

출판 1본부 이사 배민수
출판 1분사 분사장 한수미
책임편집 최연진

펴낸곳 (주)위즈덤하우스 미디어그룹 출판등록 2000년 5월 23일 제 13-1071호
주소 경기도 고양시 일산동구 정발산로 43-20 센트럴프라자 6층
전화 031)936-4000 팩스 031)903-3891 홈페이지 www.wisdomhouse.co.kr

값 14,800원

ISBN 979-11-90065-54-2 03810

이 도서의 국립중앙도서관 출판예정도서목록(CIP)은 서지정보유통지원시스템 홈페이지(http://seoji.nl.go.kr)와 국가자료종합목록시스템(http://www.nl.go.kr/kolisnet)에서 이용하실 수 있습니다. (CIP제어번호 : CIP2019015996)